Autumn

with

与秋

七宝酥 著

You

长江出版社
CHANGJIANG PRESS

图书在版编目（CIP）数据

与秋 / 七宝酥著. -- 武汉：长江出版社，2025.6. -- ISBN 978-7-5804-0093-2

Ⅰ.I247.5

中国国家版本馆CIP数据核字第2025CD3774号

与秋/ 七宝酥 著
YU QIU

出　　版	长江出版社
	（武汉市解放大道1863号　邮政编码：430010）
策　　划	力潮文创-虎芽少女工作室
市场发行	长江出版社发行部
网　　址	http://www.cjpress.cn
责任编辑	钟一丹
特约编辑	梨　锦　靳　丽
封面设计	苏　茶
插图绘制	Dear寻
印　　刷	朗翔印刷（天津）有限公司
版　　次	2025年6月第1版
印　　次	2025年6月第1次印刷
开　　本	880mm×1230mm　1/32
印　　张	7
字　　数	180千字
书　　号	ISBN 978-7-5804-0093-2
定　　价	42.00元

版权所有，翻版必究。如有质量问题，请联系本社退换。
电话：027-82926557（总编室）　027-82926806（市场营销部）

上卷·与秋

目录
CONTENTS

第一片落叶
月夜的齑粉 ／001

第二片落叶
浓稠的暮色 ／008

第三片落叶
床角的盐霜 ／014

第四片落叶
灰黄的相纸 ／018

第五片落叶
半熟的野果 ／024

第六片落叶
揉皱的废纸 ／031

第七片落叶
大山的脉搏 ／037

第八片落叶
画像的灵魂 ／044

第九片落叶
纵情的容器 ／051

第十片落叶
冒险的月亮 ／056

目录
CONTENTS

第十一片落叶
透明的玻璃 / 062

第十二片落叶
漾动的余晖 / 067

第十三片落叶
直觉的落点 / 075

第十四片落叶
悲悯的信徒 / 082

第十五片落叶
金色的雨滴 / 089

第十六片落叶
清冷的斜阳 / 096

第十七片落叶
温厚的曜石 / 103

第十八片落叶
打烊的乐园 / 111

第十九片落叶
如约的秋天 / 118

番外 / 131

目录
CONTENTS

下卷
在落日之前

第一天
弹珠汽水 / 138

第二天
太阳是解药 / 149

第三天
莲子壳星空 / 165

第四天
花朵气球 / 182

第五天
会呼吸的星系 / 195

第六天
睡美人 / 203

第七天
两个人的落日时分 / 212

Autumn
with
You

上卷·与秋

秋是第二个春,此时,
每一片叶子都是一朵鲜花。

——阿尔贝·加缪

Autumn with You

第一片落叶
月夜的蔷粉

四野没了风,静悄悄的,
他也沉默出亦真亦幻的味道。

与秋

1...

秋分当天，昼夜对半，吴虞一宿未眠，收拾好行李袋，按原定计划下了楼。她穿越货架，蹑手蹑脚停在收银机前，将里头的纸钞尽数取出，卷好揣入行李袋内兜。

刚要推上抽屉，她一顿，又将其扯出，随手捻出一枚一元硬币，而后头也不回地离开原地。

卷帘门动静大，吴虞便抄后道。她家住村头，不算谷河镇中心，前临大道，后挨农田。

深秋露重，土地难免泥泞湿滑。

吴虞不以为意，踩着绿油纸般的菜地，大口呼吸，在夜幕中畅快地将行李袋甩上右肩。

时候尚早，灰霾弥散，天地间仍一片晦色，凉气扑面而来，混杂着甜腻的木樨花香。

去车站这一路，除去偶遇的三两或挑担或扛锄的下田老人，便再也见不到其他。

吴虞戴口罩，没人认得出她。

搭上最早一班车，座位尚有剩余，她身畔无人，就将行李袋放上去。取出手机熟稔地换了卡，吴虞扳开车窗，将旧卡抛入鼓噪的风中。

像只被放生的白蛾，它跌撞着擦过模糊的车窗，很快消散在视野外。

吴虞没有收回手。

大巴车速很快，带得风在她手里成了实体，仿佛水球一般能被攥住，可等她真正屈起手指,却只抓握住一抔虚无。

她不断重复着这个动作,直到前排的老头嫌风吵,回头瞪她,吴虞才笑了笑,挨向椅背,让车厢回归静谧。

再睁开眼,天已大亮,窗景有了油彩,青山延绵,一路稻田似金浪,皑白的浓积云像崩坍的雪川,翻滚着,追车而行。

这一整天,吴虞几乎扎在车内,只在中途服务区休息时下去抽烟,解决内急。

班次换了一趟接一趟,乘客也换了一波又一波,她终于在几百公里外的涟州下车,这里的山势地貌与她的家乡截然不同,山就是山,入眼皆茸绿,没有那么多维生的痕迹,没有层层叠叠透不过气的捆绳般的梯田,夕照像水红色的液体倒灌下来,最后凝固住山野。

吴虞也被冻在里面,坐了一天车的腿僵麻至极,她不忙上山,先在山底的村落歇脚。

这村名绥秀,小而偏,房舍是典型的徽派建筑,白墙黛瓦,但不崭新。砖路坑洼,经年失修,四处都是陈旧斑驳,疏于打理的痕迹。

吴虞挑了家名字顺眼的民宿。

招牌上写着"林姐旅社"四个字,门头有桃木珠帘作挡,掀开入目就是鱼缸,间隔开前厅与餐桌。

大约是主人懒散,鱼缸看着换水不勤,内壁已蒙了层薄薄的湿苔,浊水灰绿,隐约可见几尾红鲤。

见屋内空寂,吴虞喊了两声,隔间才有人应她,随后走出一个发髻潦草的中年女人,想来就是林姐——她打着呵欠,惺忪问:"什么事啊?"

吴虞示意身后:"我看门上写了旅社。"

女人愣一愣,心领神会:"哦,等会儿。"

说着重新绕头发,躬身去前台抽屉取了把钥匙过来:"楼上左拐第二间。"

吴虞接过:"不查?"

女人抬眼:"查什么?"她反应过来,"身份证啊?"

吴虞点头。

女人笑说:"我们这一年到头没几个人住,查什么查。你一个小姑娘家家的,有什么好查的?上去吧。"

吴虞没说住几天,女人也就没问。

交了定金,吴虞问旁边小店几点关门。

女人答,七八点吧。

七八点,外头真就没了人,连昏蒙的路灯都稍显奢侈,吴虞简单收拾好行李,磕出烟盒里最后一支烟,搭在窗口抽完。

窗框内猩红一点,忽明忽灭,正对着那头的山,峦脉沉浮,有月高悬,不时没入云纱后,像片易碎的玉珏,打磨得透而薄。

听到下边有耳熟的卷帘门响,吴虞抻高身子往外探一眼,见是隔壁小超市要打烊,她挥一挥手,高叫:"哎——"

拉门的黄毛青年循声仰头:"干吗?"

"我买东西。"

黄毛一揽手,让她快点。

下楼前吴虞揿了烟,将它横在纱窗的滑轨里,给夜风留了一隙门。山里湿气颇重,竹林打晃,飒飒入耳,像在下一场无形的细雨,完全掩去了她的脚步声。

黄毛长着张耐心有限的脸,瘦且尖。他懒得再将门升回去,吴虞就弯身钻入店里,随意挑拣了两盒泡面和矿泉水。

"帮我拿几包烟。"她走回门边。

黄毛瞥她一眼,跟进店来:"你要什么?"

吴虞说:"随便,都行。"

"也太随便了。"黄毛从柜台里取出价格适中的几样,在台面上一字排开,"要哪个?"

吴虞说:"都给我。"她找到边上的微信二维码,"一起算。"

拎着塑料袋出来,身后"哗"一声重响,是黄毛在锁门。

他飞快越过她,吴虞散漫的视线则瞟去了他背上。

她的目光很快被截断——

小店门阶的左侧竟坐着个人。

2

她过来得急，外加天色已晚，就没留意到，此刻却再也无法忽视。

那是个男人，穿短袖 polo 衫，肩膀平且宽，低头的关系，全黑的鸭舌帽阴影几乎盖住他整张脸，眉眼面貌不可观，只依稀露出峭直的鼻骨。

他屈腿而坐，佝着上身，纹丝不动，且体态偏瘦，背脊的廓形从衣物后凸显无遗。

四野没了风，静悄悄的，他也沉默出亦真亦幻的味道。

吴虞以为他跟黄毛一道，都是店里的人。然而黄毛对他视若无睹，一路疾行，跨上电瓶车扬长而去。

难道是她见鬼？吊诡的想法涌上来，吴虞背后生寒，加快脚步回到旅社。

这一夜，吴虞睡得并不安稳，第三次魇醒时，她翻身下床，来到窗口。

那男人居然还坐在那里，模样依旧看不真切，唯独姿态有了些变化。

他双手撑在身后，仰脸望天，许久未动，像是镇于此地的蛰兽，许是被惩罚，许是被诅咒，总之无法轻易离去。

这个点，云开雾释，月亮皎洁得亮眼，而他仿佛身覆霜雪，轻轻一敲，就会碎成满地齑粉。

看久了，只觉得冷意入骨。

吴虞猛一激灵，放下环抱的手臂，将卡窗的烟头弹出去，关窗拉帘，不再让一丝风透入。

吴虞没有再睡着，神思晃漾到天明，惦记着外面那个可怜又古怪的男人。

显而易见，山鬼只是搞怪和迷信，但他也不像一般的流浪汉，毕竟从衣领到裤管都整洁得体。

等到楼下动静渐渐起，吴虞取出行李里那枚硬币，以正反做决断。最后，她到窗后确认男人还在原处，便快速洗漱完，套上衣服下楼。

再光顾小超市，黄毛正嚼着口香糖打手游，心无旁骛。

她用指背叩一叩玻璃台。黄毛记得吴虞的脸，眼皮一掀一低，谑笑：“美女你烟不会已经抽完了吧？”

吴虞不答，只问：“你店门口的人是谁？”

"我哪儿知道。"黄毛嗤气，"昨天下午就坐那儿了，跟他说话也不理人。"

吴虞弯眉一挑：“你就不管？”

黄毛见怪不怪：“饿了他自己会走。”

吴虞闻言，沉吟片刻，又在店里转悠一圈，挑了些面包和瓶装水。

从小超市出来，吴虞双手抄在卫衣兜里，不紧不慢踱到那尊牵萦她整夜的"塑像"跟前。

她伸出右手，啪地将塑料袋里的面包丢过去。

力道控制得刚好，东西不偏不倚砸在他鞋头，食品的品牌标志从塑封的上方折射出来。

男人看见了，悬在膝边的手指动了动，是抽搐一般的动法，像陈年锈蚀的机关被硬生生扯拽一下，细微，敏感，稍纵即逝。

吴虞的视线流转到他鸭舌帽上：“你是不是没地方去？”

山风刮起她发丝，她顺手勾去耳后。与此同时，面前的男人抬起头来。

帽檐下方，藏着一双极明亮的眼，它们的主人远比她想象中年轻，面孔介于少年与成男之间，眉骨突出，鼻梁优越。

眼底的情绪也很丰富，不加掩饰的反感，再调和一些不解、一些烦闷，还有脆弱疲怠的红血丝，统统汇集在一张远超她预料的调色盘上方。

心里有个声音在提醒吴虞，她喜欢这张脸，喜欢这些对抗感。

男生垂下脑袋。

他不搭理，吴虞就在高处自说自话："地上吃的看到了吗？"

男生依然沉默。

吴虞静候好一会儿，没等来半句回应。

她也不恼，反倒极淡地一笑："我住隔壁的林姐旅社，你实在没处去的话，可以来找我。"

第二片落叶
浓稠的暮色

季节、时间、秋天。
他的名字叫季时秋。

1...

吴虞被一阵敲门声吵醒，刚掀起眼皮，就被窗帷后半掩的云霞刺得一闭，它们像是要烧入眼球里。

"谁啊？"吴虞懒洋洋地撑高身子。

林姐声音从门外传来："妞儿，有人找。"

吴虞来了精神，下床趿鞋。

她嫌店里拖鞋脏，只穿自己的帆布鞋，踩平了鞋后跟当拖鞋使。

趿拉在地板上拖动几下，吴虞打开门，看到林姐后面的男生。

从外貌到身高，他给她的惊喜太多。林姐不算矮小，只比她低半个额头，但此刻被身后人衬得像只鹌鹑。

吴虞莞尔，明知故问："找我？"

男生没说话，在默认。

林姐好奇："这谁啊？"

吴虞说："你不用管。"

林姐露出才不掺和的不屑脸色，侧身让出门口位置。

她掸两下围裙，眼睛在门框内外两人身上来回转，最后不多问，只锁定吴虞："要给你……你俩带晚饭吗？"

吴虞瞥她："看你心情。"

林姐翻个白眼，转身下楼。

待她没了影，吴虞的视线回到面前人身上。

对方不动，她也好整以暇。

僵持一会儿，吴虞问："站着干什么，不进来？"

说这话时，她手轻轻按到了门框上。

民宿布置简陋，门框也略显局促。

即便吴虞胳膊纤细，身材薄瘦，也愣是占住大半个门，根本无处可行。

男生察觉到她的刁难，冷声："你挡着我怎么进？"

吴虞勾勾唇，没让道，只将手偏出门框，贴上他左胸，那个位置刚好有个口袋。

没承想，对方反应却异常迅速，立即捉开她手腕："干什么？"

他抓得很痛，吴虞却没有挣扎，细眉微蹙："搜身啊，万一你带了什么对我有威胁的东西呢。"

男生显然耐心见底，他瞪了一眼吴虞。

2

吴虞观察房内多出来的这名异性。

他从裤兜取出那袋未拆封的小面包，丢在床上，又摘掉帽子，坐到床边。

吴虞走回桌边，从塑料袋里抽出一瓶水，递给他。

男生接过去，仰头喝掉大半瓶，拧紧，递回来，正眼没给她一个。

似投喂动物，吴虞又将那袋面包扔过去，正中他怀间。

他顿了顿，没有拆开它。

吴虞瞧着他，越瞧越好奇，明明长着副盛气凌人的脸，人高马大，却像是要枯萎了。

"吃点吧，"她挨桌而立，"一会儿别饿晕了。"

说完，便歪头看窗，并无意识地用鞋尖磕地，发出有节奏的咚响。

此时的天空霞烟满布，粉混着紫，像张温柔的绒毯。

片刻，吴虞听见大口咬动面包的动静，转回眼来问："你叫什么？"

男生咀嚼的动作一停:"重要吗?"

两番较量下来,吴虞差不多能捏准他的命门,又说:"我收留了你,往后几天我们就要朝夕相对,我要怎么称呼你?"

吃面包的人沉默了。

安静几秒,他说:"季时秋。"

"季——时——秋——"吴虞一字一顿地复述他名字,"哪几个字?"

不等他作答,吴虞从稍高的桌缘蹦下来,抢占话头:"让我猜猜?季节?时间?秋天?"

一个词是一步,她最终停在他跟前:"对吗?"

男生未答。

"我是叫你全名呢?还是叫你小秋?"

女人的身影近距离罩下来,也让季时秋完全失去胃口,放下吃掉一半的面包。

吴虞看得出来,他在忍她,也在敷衍她,不禁失笑。

目及他被帽子压塌的黑发,还有乱七八糟的刘海,她抬手抓上去。

季时秋避了避,面露厌恶:"又怎么了?"

吴虞摊开那只搓过他头发的手,捻了捻,似乎在回味他发丝的触感,旋即抬眼:"给你整理头发。"

"不用。"季时秋甩两下,再次避免同她对视,好像她身上淬满了毒,多看一眼都有致命风险。

吴虞无端火起,手猛地扬高,承住他下巴。男生想躲,她就更使劲,任由他淡青色的胡茬刺入她柔软的皮肤里。

"这就是你……求人收留的态度吗?"她的拇指在他下巴处摩挲,那里有一道肉眼不可见的沟壑。但不是用指腹,而是指甲,指甲的边缘。

吴虞来前两天刚涂抹过指甲油,是红到发黑的车厘子色,似将凝未凝的血珠。

他搭在腿上的双手不由得狠狠攥紧,青筋尽凸。

吴虞眼睫一低,注意到他的反应,满意地解放他的脸,施恩似的:"去洗澡吧。"

3

浴室水声淅沥,吴虞瞟了眼紧闭的门,又在房内四处巡睃,想借机检查季时秋衣物的想法落空。

不过他两手空空孑然一身,应该是没准备任何换洗衣服。如此揣度着,吴虞下了趟楼,找到茶几边看电视的林姐。

女人刚吃完晚餐,四周还漂浮着面香。

吴虞停在楼道拐角,嗅了嗅:"你偷吃什么好吃的了?"

林姐抬头,却意味不明地问:"那人呢?"

吴虞淡笑一下,没直接回答,只问:"村里哪儿能买到男人衣服?"

林姐怔了怔:"我有男人衣服,不过是死人的衣服,你要不?"

吴虞微诧:"死人的衣服你怎么还留着?"

"我老公的,前年出去打工就再也没回来,也联系不上,我当他死了。"林姐总是很热情,"想要的话,可以十块钱一件卖你。"

吴虞有点意外,但还是应下来:"看看吧,合适就买。"

"你捡了个什么人来啊,连件衣服都没有?"林姐奇怪地嘟囔着,离座走向卧室,中途又停住,问,"他晚上也不走啊?"

"你别管了。"吴虞跟上她步伐。

林姐叹口气,蹲身从床底拖出一只大而扁的收纳盒。

她翻找出一沓齐整的衣裤,一股脑甩床上,指了指:"你自己选。"

吴虞问:"你那死人多高?别回头尺码不合穿不上,害我白花钱。"

林姐笑了笑,认真回顾几秒,拍脑门:"哎唷,我还真忘了。"

吴虞无奈,只能拣起一件,平展开来,比画目测。

感觉大差不差,她挑出三件还算顺眼的纯色款,挟在臂弯里上楼。

再进门,房内的男生已经洗过澡,穿戴整齐,还是原先的衣裤。他站在窗口，湿发蓬于脑后，把后领都洇潮了。

水液在他宽阔的背部蔓延开来，像是屋外逐渐浓稠起来的暮色。

吴虞盯着他的肩胛，若有所思，没再朝里走。

季时秋听见门响，转头看她。

两人面面相觑。

4

吴虞给门上锁，把手里泛着樟脑味的旧衣服放到床上："衣服换了。"

季时秋顿时皱起浓眉，但他没有多问，一趟澡像是让他脑子进了水，又像是把他脑子浇透和疏通了。

他脱掉上衣，动作利索，在晦昧的房内疾走。

他年轻的身体像是饥荒后的猎豹，劲窄，结实，颇具力量。

吴虞颈侧的神经微跳一下，而后就见季时秋将那衣服揉作一团，重重摔进垃圾桶里。

吴虞心头溢笑，他好像也没老实，只是换了种泄愤方式。

第三片落叶 床角的盐霜

男生合拢的睫毛又浓又长。
吴虞手指靠过去,轻抚它们,像在拨一片柔和细小的弦。

1.

夜风徐徐，他眼皮沉得像是站着都能秒睡。

季时秋不再跟困倦对抗，抓抓半干的头发，走回床的另一边，倒头躺下。他几乎横在床沿，也不管同张床上是否还有个人，反正背对着她，眼不见为净。

昏沉间，季时秋迷迷糊糊想，这女的又瘦又小，没什么可提防的。况且，他也什么都没有了。

他低估了她的烦人程度。

季时秋眠浅，不知是几时，月在床角铺了层盐霜。

吴虞口气清甜："小秋，你成年了吗？"

季时秋胸室，闷闷"嗯"一声。

"多大？"

季时秋不作答，抿关唇线。他清楚，话题一旦展开，会没完没了下去。

"你到底睡不睡？"再开口，他音色已有些干哑。

吴虞不经心地弯眼："你睡你的啊，不用管我。"

季时秋说："你眼睛太吵。"

吴虞唇角幅度变大了，岂止是幅度变大，她要笑翻了。

她不再面对他，翻身躺平，咯咯笑不停。

季时秋面色微红。

过了会儿，吴虞侧回去。

身畔的男生困晕了，合拢的睫毛又浓又长。

吴虞手指靠过去，轻抚它们，像在拨一片柔和细小的弦。

弦下乐章就是季时秋的鼻息，均匀，清沉。

这个男生拥有吴虞前所未见的最好睡相，很静谧，亦很催眠。

2

再次醒来，是因为房内浓重的烟味，季时秋被呛得连咳好多声，继而瞄到靠桌而坐的女人。

她夹着烟，天光微亮，窗外的风涤着她额角的发丝。

"醒了？"

吴虞吸口烟，用同只手搭腮，一缕奶白色的细雾从她指尖袅袅上腾，淌过她头发。

季时秋睡得不知今夕何夕："几点了？"

吴虞拿起桌边的手机，瞥一眼："七点，还早。"

季时秋下床，曲身穿鞋。

吴虞望着他瘦长的脚蹬入板鞋，又从他的小腿上滑，最终定点在他锐利的面孔上，说："你做噩梦了？"

季时秋直起身，态度依旧像个生人："不记得。"

吴虞微努嘴："你知道吗，你梦里一直叫妈。"

季时秋面色一滞："很多次吗？"

吴虞说："不多，就三次。"

"第三次我答应了一声，你就不叫了。"

季时秋："……"

3

他起身去盥洗室。

余光里的女人就在不远处吞云吐雾地盯着他。

那眼神，不像在看人，而是审视物件，一个属于她，或终将属于她的物品。

季时秋"哐当"一下摔上门，本就老旧的墙头天花板苦受牵连，余震不绝。

吴虞无声笑了笑，中指一敲，抖掉燃尽的烟灰。

她静候男生洗漱完出来，发出邀请："我下楼吃早点，你要一起吗？"

季时秋恍若未闻，径直走到电视机跟前。

吴虞环臂，随他转半个身："喂，我问你话呢。"

季时秋掀眼。

女人还穿着那件紧身的灰色吊带，她似乎不爱穿文胸。

季时秋能制止自己不多看那里，但无法阻拦自己心起鄙夷，以及……莫名其妙的烦厌。

见季时秋闷不吭声，吴虞没心情大清早哄少爷，兀自离屋。

季时秋见状，眉心一拧，抓起椅背挂着的卫衣，在女人出门前叫住她。

吴虞回眸。

她眉毛很素，眉尾是几近泛白的灰，但安在肤质近乎无瑕的脸蛋上，并不寡淡，相反协调而充满美感。

大步路过她时，季时秋把衣物丢给她，冷道："穿上。"

第四片落叶
灰黄的相纸

相纸在风里飘摇，
像一片枯叶。

1

季时秋的动作毫不怜香惜玉，衣服草草盖过她头顶，还碰歪了吴虞松挽的发髻。

一早上没收到好脸的吴虞"腾"的火起，反手将它扯下，砸向男生后脑勺。

平白挨一下，季时秋不解转头，又看向地面。

白色的卫衣挂在楼道里，像被打翻的奶油，而女人笔直地盯着他，命令他捡起来。

季时秋不理会，自顾自下楼。

吴虞目瞪口呆，并保持臭脸来到餐桌前。

林姐给他们舀粥，又新奇地看季时秋身上那件丈夫的旧衣，直说还是他穿着好看，哪像她那死鬼。

季时秋饿坏了，低头喝粥，没有掺和话题。

吴虞意兴阑珊，用筷子尖挑腐乳，不时瞟他一眼，同林姐说："你看他喝粥，像不像猪头在食槽前面拱啊拱的。"

季时秋快速扒粥的筷子戛然而止。

林姐不以为然："猪哪有他中看？"

吴虞不屑："好看有什么用。"

林姐文得并不自然的眉毛倏地挑高，一脸想入非非。

她瞧着埋头碗中的俊脸越来越黑，就没多言，只是客气："锅里粥多，你要添有的是。"

季时秋道了声谢。

饭毕,季时秋收走自己的碗筷,洗净放池边沥水。正欲上楼,就被食欲不佳的吴虞叫住:"你这就上去了?"

又说:"待着。"她拿筷子尾敲两下桌面,"我不吃完你不准走。"

季时秋顿了顿,当没听见,转头上楼。

林姐看得哈哈大笑:"你找来的这人架子还挺大。"

吴虞轻骂一声,把碗推开,也跟上去。

房门掩了一半,可见的范围内,是男生背立在电视柜前,像在翻找东西。

太阳升起来了,室内光尘漫布,吴虞本想轻手轻脚接近,无奈鞋底厚重,踩踏地板的动静无可避免。

季时秋听见声响,迅速将压在机顶盒下的东西抹出来,别至身后。

吴虞注意到,快步走过去,要他交出来。

季时秋抗拒:"没什么。"

吴虞阴凉地看向他双目:"你蹭吃蹭喝蹭住,还敢在我眼皮子底下藏东西?"

季时秋一声不吭。

"给我。"吴虞上前,将他逼退半步。

季时秋的臀部抵上屏幕,再退就会挤翻电视机。

吴虞问:"是不是偷钱?"

季时秋答:"没有。"

"两只手都伸出来。"她像要体罚学生的严师,言语是不可见的戒尺。

季时秋胸口缓慢起伏,把手伸出去。他右手捏着样东西,薄薄片状,用洁白的纸巾包裹,被他夹于拇指与食指间,却完全没有用力。

吴虞不假思索地抽过去。季时秋眉心立刻拧得死死的。

吴虞揭开纸巾,见到意料之外的画面——这是一张尺寸不大的合照。氧化的关系,相纸边缘略微泛出灰黄。

2

拍摄环境背景俨然是照相馆,当中人物应是一对母子,男左女右,右边小男孩穿白衬衣黑长裤,系红领巾,浓眉大眼,昂首挺胸;左侧则是靠坐在藤椅上的女人,她的手搭在男孩肩膀上,留有短到齐耳的头发,面容温顺。

两人的妆容很拙劣,脸涂得死白,跟脖颈肤色有脱节感,嘴又红得突兀,像套着假面的陶瓷娃娃,但胜在双方笑容都真挚和谐。所以整张照片不显诡异,反而有种返璞归真的旧时质感。

"这是你?"吴虞指向那小男孩问季时秋,却见他眼白微红。

他别开脸,没有作答。

她多少猜到个中故事:"这是你妈妈?"

季时秋:"嗯。"

吴虞问:"她死了?"

季时秋纠正她不礼貌的措辞:"过世。"

"她过世了?"

季时秋:"……"

答案显而易见,吴虞不纠结于此,继续打量照片:"你昨天放在胸口衣袋里的,就是这张照片?"

季时秋微诧:"你怎么知道?"

吴虞说:"我摸到了。"

季时秋声音冷硬,要求她交还回来,有抢夺架势:"给我。"

吴虞哪会听话,她体态小而灵敏,三两步就退远一些:"你到底从哪来的?早上我翻了你昨天穿的衣服。"女人背挨墙,将照片夹在手里翻转着,似把玩,"你出来一趟,一分钱没有,露宿街头,就带着一张照片?"

季时秋咬肌逐渐绷紧,眼底翻腾出敌意。

吴虞抬手拉开窗:"别这么看着我,你得说清楚,不然我怎么放心收留你。"

山风灌入，将白色的纱帘卷成堆雪。

季时秋走上前来，耐心所剩无几："照片给我，我现在走！"

吴虞显然预判到他的反应，夹照片的手毫不犹豫横去窗外。

季时秋霎时被定身。相纸在风里飘摇，像一片枯叶。

吴虞直勾勾看向他："回答我的问题。"

季时秋不动也无声。

"说啊——"吴虞声音陡尖。

季时秋深吸一口气："从家里跑出来的，带我妈来看山。"

吴虞眼波一颤，顷刻平息。

"我问你哪儿来的？"

"皖北。"

"你们皖北没山？"

"有，但没有高山。"

"高高低低，有什么分别？"

"高山上能看到云海日出。"

吴虞不可思议地哂笑一声："你还挺浪漫。"

季时秋的忍耐濒于极限："可以把照片还我了吗？"

吴虞将手收回来，指节已被风冰透："你身上没一分钱，是怎么从皖北到皖南来的，走过来的？"

宝贵的相片在她手里，季时秋像被拿住七寸，被迫有问必答："有点现金，路上当车费了。"

吴虞又问："你乱跑你爸不管你？"

季时秋回："他也死了。"

吴虞眉一挑，学他纠正说法："不是过世？"

季时秋说："死了。"

吴虞被他的双标措辞逗笑，恐吓这个看起来外强中干的男生："你没钱，手机也不带，之后别指着我帮你回家。"

季时秋话里有话："我没想回去。"

吴虞噤声。面前这双黑白分明的眼，就像暮秋夜晚的池塘，未显霜冻，却有深不见底的幽寒。

吴虞心头无故悚然，不再与之对视，重新去瞧照片里神色温淡的女人。

"拿着。"她将照片轻飘飘还回去。

季时秋逼近要接，却又扑个空。吴虞晃晃相片，戏耍成功的愉快不言而喻。

"你什么意思？"男生嗓音压下来，暗含胁迫意味。

吴虞说："我把照片还你，你岂不是就要跑路？"

季时秋默不作声。

"我猜对了？"吴虞唇角微勾，手按上他右胸，白蛇攀木一般滑到他颈边，虚虚搭在那儿："吃饱睡足就溜，好狠的心啊，小秋。"

她的指节搔着他颈部皮肤，一下，一下。季时秋脖颈渐硬，青筋隆起。

吴虞继续戏谑："你把照片放口袋里，挡那么严，你妈能看到山？"

季时秋双拳渐紧。

吴虞见好就收，不再逗弄，抽出裤兜里的手机，掰下全透明的外壳，将照片反铺进去，牢牢卡上，而后将手机举高，示意季时秋看机身后方。

季时秋定神。

母亲与年幼的自己的合影，尺寸将将好地嵌在手机背面。也是此刻，女人的脸从机身后面斜出："这样吧，你陪我玩，我带你上山。"

第五片落叶 半熟的野果

他像半熟的野果,
一边表皮泛着青绿,一边是焦糖棕,
口感耐人寻味,无从知晓。
是甜是苦,有没有毒,也只能咬过了才清楚。

1.

　　吴虞对季时秋的说法持观望态度，不全信，但也不会全当假话来听。他逻辑自洽，找不到可推翻的点。

　　第一天是她大意，瞧不清楚脸，光凭着装想当然地以为他起码 25 岁上下，但现在看来，他也就 20 左右。她甚至怀疑，他真的成年了吗？

　　可他五官已长成，轮廓线清晰锋利，眼里也没有十几岁男孩特有的那种不羁、自大和愚蠢。

　　他个性沉闷，身体却青涩，像半熟的野果，一边表皮泛着青绿，一边是焦糖棕，口感耐人寻味，无从知晓。是甜是苦，有没有毒，也只能咬过了才清楚。

　　吴虞研判地看着他。

　　被端详的这差不多一分多钟的时间里，季时秋逐渐不适起来。照片被吴虞掌控，他别无他法。最后，他只能吐出一个："好。"

　　吴虞心满意足，将手机盖到桌上，五指轻压着，顺势交换姓名："我叫吴虞。"

　　季时秋的样子并不关心。

　　吴虞离开书桌，他就跟着她转身，始终挂心她握于身侧的手机，且想问清楚："要陪你玩儿几天？"

　　吴虞在床边坐下："看我心情。"

　　季时秋无言以对。

　　吴虞习以为常，低头敲击屏幕："今天天气不错。"她扬眼看窗，"待会儿就出去吧。"

季时秋毫不迟疑地拿起床头的鸭舌帽，戴上，站回原处静等。

吴虞被他的执行力逗乐："我还要化个妆。"

"……"男生以沉默应万变。

"坐着等。"她说。

季时秋就去床那头坐下，同她保持距离。

女人步态娉婷，牛仔裤裹着的细直双腿和浑圆臀部，从他跟前一闪而过。

季时秋轻不可闻地吸气……房间明明那么多空处可走。

他再反感她，也只能隐忍不发，曲意逢迎，毕竟他的命门在她手里。

女人气定神闲地化着妆，对镜一根根刷睫毛，唯恐有一点"苍蝇腿"，更完全不在意屋里还有个人在耐着性子等她。

季时秋百无聊赖，视线无处落脚，最后只能停在这里唯一在动的"活物"——吴虞身上。

从他的角度，刚好能看到女人映在圆镜里的小巧下巴，以及她涂着枯玫瑰色的嘴唇，而对方似乎有所觉察，漂亮的嘴唇在镜中自得一弯。

季时秋立刻偏开眼；吴虞就笑得愈发开怀，前倾后仰。

下楼后又遇林姐，她一天到晚闲不下来，戴着斗笠在屋头水泥地上清扫，见他俩出门，她拄着半人高的扫帚朗笑："哟，一块儿出去玩儿啊？"

吴虞眯眼应了声。

林姐问："要给你们带午饭不？"

吴虞说："看情况。"

林姐就没见过这么随机的人，啐道："那不带咯。"

吴虞不以为意："随你。"

林姐就差要拿笤帚赶她。

2

趁日头杲杲，绥秀的村民都将今年的收成晾晒到外头。

这在当地有个约定俗成的好听名字，叫"晒秋"。至于要晒的作物，多是玉米与红椒，满满当当盛放在竹篾盘或簸箕里，也有挂晾到木架檐边的。金红延绵，一望无尽。

吴虞状态不比那些干燥的作物强，也被晒得心浮气躁，不想说话。

起初她走在季时秋前边，面部炙烫到不适后，她退到他背后遮阳。季时秋顿觉奇怪，脚步放缓，恢复原先站位。

吴虞继续绕去后面。季时秋索性停步，眼神询问她何意。

吴虞无来由地恼，挤出三字："挡太阳。"

季时秋不再多言，走到她前面；吴虞低着头，亦步亦趋。

男生高阔的身形是浑然天成的遮阴木，恰到好处。

光是行路到底无聊，吴虞起了玩心，几次故意去踩季时秋鞋后跟。

季时秋腿长，步子迈得敞，所以成功率并不高。但总有瞎猫撞上死耗子的时候，不晓得第多少回，她恶趣味得逞。

季时秋停住了，回头欲言又止，但他一字未发，躬身拉好鞋跟。再起身，女人难得安分，不再叨扰折腾他，从卫衣兜里抽出手机，举至与脸齐平的高度，专注地对向远方。

季时秋循着她的角度望过去，原来是在拍山。

季时秋视线回到手机背面，日照极强，透明壳在反光，并不能看清上头的人，可他双眼还是急速眨了眨，又微微上扬，最后也去看山。

绥秀村四面环山。村头这段路，一边是高矮不一的瓦舍，一边是宝石般的池塘。秋雨一打，荷叶都有些枯焦了，茎秆与水面交汇出不规则的几何图案。

风起，远方的山脉像是绿色的、流动的河，混着零星凋黄。

"眼睛能看到的山，相机永远拍不出来。"吴虞惋惜，继而话锋一转，"但我手机壳刚换，还没发黄，你妈能看到最真实的山。"

季时秋闻言侧头。女人略施粉黛的脸比先前明艳，但眼瞳总没什么情绪，像是不带灵魂的，旁观的镜孔。

那镜头斜过来："皖北的山什么样？"

季时秋想了想："不高。"

家乡的山，好像总是很遥远，平地微澜，无需仰望，晨起或暮色降临，山脉会如青灰色的水墨，层层叠叠，近浓远淡地晕染。

远不如这里巍峨，能割裂穹顶，走近就有高不可攀的压迫感。

吴虞嘲讽："你是不是没学过语文？"

"……"

吴虞掉头离开河岸，季时秋跟上她。

往村落深处走，道路就变窄了，无车通行，两旁晒秋的竹匾越发肆无忌惮，挤挤攘攘，无处落脚。

路过一双由板凳架高的竹匾时，吴虞顺走里面一条暗红发亮的干辣椒。她摘去蒂，咬口尖头，在嘴里嚼了嚼，一点儿也不好吃。

到底是辅料，没了香料油盐的协助，无法自成美味。辛味冲向眼眶，唾液自动分泌，嚼碎的辣椒皮黏附着口腔，吴虞费了好大一番劲才咽进喉咙。

扫过季时秋漠然的侧脸，她停下来，秉持"我不好过你也别想好过"之原则，她拿起剩余的干红椒，问："你吃吗？"

季时秋看眼缺角的辣椒，端头还残留着水渍："不吃。"

"吃。"吴虞不容置喙。

季时秋瞄向吴虞，女人脸色微红，不知是晒的还是辣的。

他从没见过这么匪夷所思的女人，遏制住想讲脏话的冲动，他捉住她手腕，倾头衔走她指间剩余的大半截辣椒，又把她胳膊狠狠撇远。

"嚼。"吴虞接着发令，目光不移。

季时秋并不畏辣，相反，他老家的人都很能吃辣，包括他。所以这不是不能完成的任务。只是，当女人面无表情地睨过来时，这份任务似乎就渗透着被凝视的屈辱。他咀嚼起来。

季时秋肤色不白，但因为足够年轻，脸上几乎没什么纹路，肌肉走向鲜明。他的两腮缓慢而有节奏地律动，颌骨坚硬。隐在帽檐下的眼，目不转睛盯着她。里面流淌的愤然，像化了的沥青，黑而烫。

四目相对，吴虞体内涌出一股异样的，迅疾的快感，冲击着，迫使她心跳加速。她错开视线，去看他身后瓦蓝的天幕，消解渴意。

突地，侧边瓦房的矮门内冲出个佝偻瘦弱的白发小老太，挥舞竹条，叽叽哇哇炮仗般说了大串话，堪比外星用语，吴虞一句听不明白，但看得出老太太火冒三丈。

季时秋依稀能懂，也用相似的方言回复她。

老太继续骂骂咧咧，吉娃娃似的，人小气势足。

吴虞问："她说什么？"

季时秋说："说我们偷她辣椒。"

吴虞莫名，看眼后方："可我是从隔壁拿的。"

季时秋："但你停在她门前吃了。"

"现在呢？"

"叫我们补偿她。"

"怎么补偿？"吴虞看向老太，对方仍举着竹条示威，"给钱？"

季时秋说："她叫我们帮她掰一筐苞芦喂鸡。"

吴虞不解："苞芦？"

季时秋回："就是玉米。"

吴虞扫一眼竹匾里横七竖八数量不算少的玉米，低低骂了声。

两人并排坐到门槛上，老太太颤巍巍去端竹匾，季时秋忙起身上前接，吴虞一动没动，看着他对一个老人殷切备至彬彬有礼。

季时秋回来掰玉米；吴虞就继续磨洋工。

哦，她连洋工都不磨，直接撂挑子不干，两手空闲，理直气壮。

老太回到屋里藤椅上坐着，调节收音机，听黄梅戏。

旁边的男生倒是老老实实低头干活，还架势十足地挽起袖口。

屋檐只能遮掉一半日照，他干净均匀的小麦色肌肤像是涂上了一层性感的蜜油，会随光影流动，从小臂的线条蜿蜒而下。

吴虞突然想看看他峻挺的眉眼在日光下的样子，是否也这般诱人。她扬手要摘他帽子。

季时秋反应极其敏锐，他颈线牵高，避开她即将触上帽檐的手。

吴虞不满："这么黑，戴什么帽子，多此一举！"

季时秋继续敛目剥苞米，动作娴熟，仿若没听见。

吴虞抓起一把剥好的玉米泄恨，甩向他手背。干硬的金色颗粒四处跳弹，有些还落到地面。季时秋挨个将它们捡起来，收回竹匾旁有豁口的瓷碗。

吴虞被忽视，哪会轻易放过他。她端起碗，倾斜近九十度，把快一半的玉米粒倒了出去。

季时秋顿时愕然。他不再捡拾，双手撑住膝盖，孰不可忍，像是要起身。吴虞当即取出手机，亮出她的筹码，他的命门。

季时秋从上方握住手机，状似要夺过来。吴虞拽两下，没抽动，干脆撒了手。

两人相对无言几秒。

季时秋扼制了火气，平静说："紫外线过敏，所以戴帽子。"

吴虞面色终于舒缓。

季时秋将手机拿正，深深看了眼背面，又用拇指拭去表壳的浮尘，才将它交回来："就一晚。"

吴虞不明其意："什么？"

"最多再陪你一晚，明天就上山。"

第六片落叶
揉皱的废纸

他们有一样的笑容,像清亮的弦月,
即使下一刻就会被阴云遮熄。

1

他们在午后回到旅社。

和绝大多数村民一样,林姐没有浪费艳阳天,门外空地和整个院落被她铺满干椒和玉米,几个泛白的橙色番瓜混在里面,拼出朵花型。

还怪浪漫的。

吴虞翘翘嘴角,给它们拍了张照,抄兜往里走。

屋内油烟四溢,林姐正抹着餐桌,瞧见他们,停手抬头问:"回啦?"

吴虞情绪不佳,不咸不淡地"嗯"了声。

刚要越过林姐上楼,她倏地想起什么,倒退两步,险些撞上后边的季时秋。

他扶住她肩膀,拉开间距,又马上松手。

林姐瞧得"扑哧"一乐。

吴虞瞥她:"问你啊,从这儿怎么上山?"

林姐诧异:"你们要上山?"

吴虞:"嗯。"

林姐回身,拉开餐柜边的纱窗,指了指外面:"过了这片田,有条河,河上有桥,三个桥洞那个,从上边过去再左转直走,就能瞧见上山的路了。"

吴虞跟着远眺:"哪里看日出最好?"

林姐说:"当然是山顶。"

吴虞若有所思地点点头。

林姐热心肠叮咛："涟山不比景区，是野山，路都是村里人随便铺的，石板砖坑坑洼洼，不好走，"她提议，"你们干脆坐车去景区爬山好了，走不动了还有缆车。"

吴虞说："全是人，不想去。"

林姐拧眉："你们赶日出的话不得半夜上山？太危险了，我们山里没人住，也就夏天多点人进山采灵芝。"

吴虞神色淡淡："你就别操心了。"话罢转身上楼。

林姐拽住季时秋胳膊："你劝劝她啊，景区好歹有宾馆，你们夜里上去，黑灯瞎火的住哪儿？"

季时秋只字未语，抿一抿唇，也跟上去。

进了屋，女人已经脱掉外套，雪饼似的四仰八叉瘫在床上，闭目养神。

季时秋走到床边，问："你要夜里上去？"

"不然？"她小而圆的唇微动，没睁眼。

季时秋问："明天夜里？"

"你还想今天夜里？"吴虞打个呵欠，"讨价还价也得讲点良心。"

季时秋从下至上扫过她的细腿细胳膊，最后停在她同样细白的颈项边："你可以不上去。"

吴虞掀开薄薄的眼皮："怎么，你担心我呀？"

季时秋问："担心什么？"

吴虞说："担心我自己回不来。"

季时秋静默下去。

房里开着窗，墙外有竹荡，在山风里簌簌作响。

"季时秋，我喜欢你。"吴虞不假思索地拥过去，"从第一天见到你就喜欢。"

季时秋的鼻息顷刻变重了。

女人的肌肤软而凉，但呼吸温烫，脖颈间还漫着极淡的香味，像干萎了的月桂，花香将尽未尽。

她抽烟，烟草味却不凛冽，喧宾夺主，相反糅合在这种香味里，氤着若隐若出的焦苦。

"你呢？"她的手从他腋下穿过去，攀在他肩胛的位置，"说说看，为什么担心我自己回不来？"

季时秋没回答，胳膊一收，将她扣紧，低头堵住她的嘴。生硬的，横冲直撞的吻，嗑吮着她双唇，像要把一瓣花凶狠地碾碎。

灭顶感冲上来时，血锈味在他们唇齿间弥漫开。

季时秋松开她，急喘气。

吴虞目视他滚烫的脸，他就避开眼。

季时秋心跳都快断了节奏。

2

先后洗完澡出来，吴虞换了长袖，款式似修身秋衣，质地偏薄，颜色为远山灰。

她貌似没有穿文胸的习惯，总是张扬地展示着所有身体上的起伏和凹凸。

季时秋翻个身，将目光从她身上扯离。

吴虞回到床上，手机一刻也没离身。

她跪坐到他身后，一指弹戳戳他脊椎："转过来。"

季时秋忍了忍，侧回去，她就顺势躺下，将手机搁放在他们之间。

两人的信物静悄悄卧在那里。

季时秋敛睫，盯着它，许久未移。

吴虞拨开鼻尖的发丝，叫他："季时秋。"

男生看回去。

"以你妈妈的名义回答，你多大了？"

季时秋说："十九。"

"听起来像假的。"

"真的。"

"还念书吗?"

男生一顿:"不念了。"

"为什么?"

"没为什么。"

吴虞正欲往下盘问,季时秋启唇:"你呢?"

女人心不在焉地抚着指甲:"我什么?"

那处鲜红如浆果,盈盈欲滴,思及方才如真似幻的一幕,季时秋喉咙不自禁发紧。

他肃着脸:"别只问我。"

"哟,"吴虞翘起睫毛,注视他,"对我好奇了?"

季时秋抿起唇,安静少顷。

3

接下来一天,他们虽然相处平和许多,但莫名的隔阂并未完全因此消除。这点在季时秋的感观里尤为强烈。

女人的身体跟她的脸、她的眼没有分别,明明眷念地贴着他,渴求体温,但依旧有种无法侵蚀或溶解的薄凉感。

她左胸下面埋着的,仿佛也不是跃动的心脏,而是一枚悄无声息的冰凌。稍一使力,没准就会被扎穿手心。

白天闲得慌,林姐唤他们去下地。

季时秋在稻浪间帮忙,吴虞则立在田埂上,抱臂旁观,如地主家监工的姨娘。

她白裙子翻飞,像一片揉皱的废纸,又被风展平。

季时秋偶从远处起身瞄见,会觉得,下一次再抬眼,她飘走也不意外。

然而，整个下午，她都钉在原地。站乏了，就挥手喊季时秋名字，要他把衣服脱给她。

季时秋蹙眉，以为自己听错，歪头确认。

"来啊——"她圈手到唇边，放大音量。

季时秋走回去，停她跟前："要衣服干什么？"

他在田下，她在埂上，此刻两人的身高间距也被拉小，吴虞几乎能正视他："我站不动，地上脏，拿来垫着。"

季时秋立刻脱掉上衣，摔她手里，赤膊走回去。

围观的林姐白得便宜，乐不可支。

日暮时分，她笑呵呵起灶台，说今晚不用付餐费，她请客。

女人将剁成块的土鸡倒入铁锅，油花噼啪四溅，辛香溢满了整间屋舍，惹得邻里黄狗溜来门边鬼鬼祟祟探头。

吴虞和季时秋在餐桌相对而坐。

吴虞滑着手机，不时嗒嗒敲两下，专心致志。

季时秋就看那条狗。

狗长得笨头笨脑，又有点鬼精，蓄意要往厨房的方向靠，人一看它，立马不动，人低下头，它就加紧迈开四肢，能走几步是几步。

季时秋跟它玩起了"一二三木头人"，几回合下来，他不自知地咧唇。

"你会笑啊？"女人意外的声音从一侧传来。

季时秋敛色，不再逗狗。

黄狗逮着时机，一鼓作气冲进厨房，换来林姐尖细的叫骂声。

吴虞按黑手机，翻转到背后，看那个笑声朗朗的小男孩儿。

他们有一样的笑容，像清亮的弦月，即使下一刻就会被阴云遮熄。

第七片落叶

大山的脉搏

山就像个不会说话的老人,瘦骨嶙峋,可当她靠向他绿色的心脏,就能感受到脉搏和温存。

1.

上山的时间定在傍晚。

林姐懂得看天,依据五点多的一场微雨,她断言,明早定会有漂亮的云海。

水泥路面湿漉漉的,季时秋跟着吴虞进隔壁小超市,提前准备上山的补给。

黄毛又在打手游,态度敷衍:"自己拿。"

吴虞目不斜视,走去货架间。

季时秋被当成人形购物篮,没一会儿,手里就揣满小面包、士力架和矿泉水。

眼见大差不差,两人回到柜台前。

黄毛算着钱,偷瞄吴虞身侧高瘦的男人。目及他头上眼熟的黑色鸭舌帽,他一瞬记起什么:"你不是……"

不就是前两天杵他店门外的那条"丧家犬"吗?

吴虞淡淡接话:"怎么?"

黄毛笑开来,牙缝黑且不齐整,他阴阳怪气:"就是羡慕哈,长得好看到哪儿都不缺关照。"

季时秋当没听见,要了个塑料袋,撑开来,将吃的喝的挨个收进去。

吴虞看了会儿他的手,又转身钻回货架。再回来,两听啤酒被随意丢进塑料袋。

季时秋动作一顿:"你上趟山要带这么多水?"

吴虞语调平静："反正不是我背。"

季时不跟她斗嘴。

不想斗，也斗不过，拎上袋子出门。

回到旅社将东西都收拾进吴虞用的背包里，两人正式出门。

吴虞将钥匙抛给林姐，说："先帮我收着。"

林姐放下手中编了一半的竹篾篓，双手接住："好嘞，明晚帮你俩带饭。"

走出去一段，季时秋突然顿步："等会儿。"

吴虞问："怎么了？"

季时秋不言，转身快跑回林姐跟前。

林姐仍在原处目送，见他折返，还有些意外，两人说了几句，林姐不断点头，又朝吴虞这边打望。最后，季时秋跟着她进了家门。

吴虞站得较远，一句话都没听见。

等季时秋回来，吴虞眉微挑，问："你跟她说了什么？"

季时秋张开手，给她看掌心的小瓶风油精。

见他长袖长裤，还戴帽子，将脑袋裹得严严实实，吴虞不禁问："你怕被蚊子咬啊？"

季时秋说："怕你被咬，山里蚊子很毒。"

吴虞反问："那又怎样？"

季时秋失语，感觉她比野蚊子还毒。

2

雨后的山，沁着一丝湿凉，天幕呈现出非常纯净的鸡尾酒蓝。湖水像一面新崭崭的液晶屏，放映着沉静的天与山，树与云。

横穿沃田，跨越渡桥，再到真正登山，吴虞都走在前面。

她没换掉下午那条及膝的连衣裙，行走间，小腿肚白得晃目。

很难不注意那边，尤其眼见着上头泥点子增多，又被草野刮出细细的红痕。

有多个瞬间，季时秋想叫住她问，为什么要穿裙子爬山。

他怀疑她以前根本没爬过山，但这个判断在一刻钟后消失殆尽，面前的女人走得并不吃力，身轻似燕，如履平地，连喘息都稳定。

越往上行，山里越安静，也越发幽森。钩月隐入愈渐茂盛的草木，夜完全意义上地降临。

季时秋打开手电筒，避免失去方向。

实际上，也不容易失去方向，旧时山农有大智慧，石板路延绵千里。即使不那么平整，但坎坷间顺路而行，也总能通往山顶。

唯一的缺点是没有扶手。

吴虞的老家也依山傍水。幼时她心情憋闷，喜欢一个人跑山里，来回往复下来，山于她而言就有了另一层意象。

她常在周末或假期上山，昼出夜返，跑累了就坐卧在大树下打盹，日光从枝叶间筛下来，将她身体淋得烘热。

山就像个不会说话的老人，瘦骨嶙峋，可当她靠向他绿色的心脏，就能感受到脉搏和温存。

不知多久，两人都有些累了，吴虞停下身，取出手机看时间，又塞回去。

"水。"她伸出手。

"几点了？"季时秋拧开瓶盖，将矿泉水递过去，自己也拿出一瓶来喝。

"七点多。"

不知不觉间，他们已经走了近两小时山路。

吴虞找了块半人高的石头坐下歇息，季时秋在她旁边探照环境。光线范围一下子缩小，更深露重，只照出缀满水珠的草秆。

吴虞无所事事地四处望，视野里，一株没有叶子的树吸走了她注意力。

树不知因何死去,兴许是人为损坏,抑或没熬过酷暑。

但它显得那么独特,光一晃而过时,发白的树枝就会像闪电一样撕裂夜色。

吴虞打开手机闪光灯,从石块跳下来,想凑近细看。

季时秋回头,就见女人已不在原位,魔怔一般朝着另一边走去。刚要叫她,她一声尖叫,人栽坐下去。

3

草木急促窸动,季时秋急忙上前查看。

"怎么了?"他将手电光投到她身上。

女人狼狈地淹在荒草里,样子却无比镇定:"应该是踩到捕兽夹了。"

季时秋蹲身查看,旋即瞪大眼。

所幸只是绊倒,腿脚并没有被捕兽夹卡住,但伤势不算轻,鲜红的血液正顺着吴虞小腿蜿蜒而下,洇入鞋缝。

汩汩的血流刺激着季时秋神经,以至于太阳穴都突跳发疼。

"你乱跑什么!"

憋了一路的疑虑和担忧也在此刻爆发,男生的质问劈头盖脸砸下,如兽吼,在静夜的深山格外清晰。

吴虞稍稍吃惊地抬头看他。

"是我自己想摔的吗?"她说。

季时秋眼圈微红,喃声:"赶不上日出怎么办?"

吴虞闻言,也来了脾气。她把手机丢到蓬松的草间,又横臂去指漫长的山道:"走,上去,别管我。"她说着话,脸上没有一丝一毫的害怕或示弱。

季时秋深吸一口气,拾起手机,用衣摆擦了擦,复而蹲下身去,试图扶她肩膀:"能起来吗?"

吴虞不答话,也不看他。

季时秋将黑色手电咬在嘴里,不由分说地将她打横捞起。

吴虞挣扎着,被抱坐到刚才的石块上。

再垂眼,面前的男生已单膝跪地,借着手电光细细端详她受伤的位置。

那里被枝杈划出个口子,血流不止。

季时秋放下背包,抽出一沓纸巾,用力压着:"疼吗?"

吴虞面无波澜:"不疼。"

他重新开一瓶水,为她冲洗腿上的血迹。

男生神情专注,指腹有茧,粗粝但小心地搓揉着她腿肚,很快,酥麻感漫遍全身,几乎能盖住痛意。

吴虞痒得轻笑一声。

季时秋撩眼看她,有些莫名。

刮伤的创口有些深,他用半包纸巾压了好久,血也没止住。

季时秋左右看,又去包里翻找,末了抓两下头,上下打量吴虞,搁下空掉的矿泉水瓶。

他双手拉住她裙摆,"撕啦"一下,用力扯下边缘一道白色布条来。

吴虞一惊,但没吭声。

季时秋把它当绷带,仔细熟稔地缠绕包扎好,又握住她腿,在没有受伤的部位找点按压,询问疼或不疼。

吴虞均照实作答。

接着,他又以同样的方式去检查她另一条腿。

吴虞见他心无旁骛:"你在摸什么?"

男生吐出两个听起来颇为专业的名词:"体格检查,触诊。"

吴虞笑:"你是大夫啊?"

季时秋没出声。

刚要抬头再交代几句,他留意到自己蹭了血的衣袖,不由盯着上面猩红的斑痕怔神。

直至女人问:"你怎么不撕自己衣服?"

季时秋回过神来:"这不是我衣服。"

吴虞说:"我花十块钱给你买的,怎么就不是你衣服?"

季时秋不理会这话,把剩余的半包纸巾丢给她。

"消停点吧。"他突地变得像个大人,语气沉稳,情绪沉稳。随后勾起她鞋跟,给她穿上,又紧紧扎了个端正对称的蝴蝶结。

吴虞怔怔看着他。

季时秋临时决定背她上山。

中途,他们在半山腰的树下铺开毯子,休憩补充体力。

面积不大的薄毯刚好能盖两人,吴虞偎依在季时秋怀里,手搭着他胸口。

感受着下方的一起一伏,她突然觉得,山的心跳可能不止于风吹动树梢,山的体温可能也不只是太阳照射在蔓草上。

4

凌晨两点的闹铃将他们唤醒,季时秋背上吴虞,接着赶山路。

天色尚还昏黑,吴虞拿电筒照路,一手圈住他脖子:"累吧?"

季时秋轻"嗯"一声,没有否认。

山里早晚温差大,夜间尤为冷,多数时候都薄雾四笼,凉风穿林。但此刻负重而行,每一步需得使力,季时秋只觉周身不断升温,额角和后颈都渗出细密的汗。

是很累,但他不想计较了。

能有人陪自己追赶生命尽头的这趟天明,也算是他末日前的最后一颗流星。

第八片落叶

画像的灵魂

光斑滴落在色调简单的画纸上,有一处刚好点在他眼里。
像有魔力,画里的人突然就有了灵魂。

1.

临近五点,两人正式登顶。

少了草木的挡掩和缓冲,山顶的风吹得人身体直打晃。

天刚蒙蒙亮,而云团已经在四面翻涌,聚积,像灰白色的海水,浓而缓慢。

它们几乎静止地蠕动,盖住下方的一切。而附近几个山头,是黑色的岛屿陷在里边,星罗棋布。

季时秋将吴虞放坐在地面,又将背包轻摆在她触手可及的地方。

吴虞随着他动作抬头。

此刻的季时秋,正摘了帽子扇风,四处张望。

持续数小时的徒步理应让他精疲力竭,但他不见半点倦态,面色红润,眼神澄亮,像回光返照的病患、初见奇景的游人,笼罩着一层怪异的兴奋,与前两日的他大相径庭。

吴虞从包里翻出一支士力架,拆开咬一口,询问季时秋要不要吃。

季时秋摇摇头。

吴虞问:"你不饿吗?"

季时秋说:"不饿。"

吴虞"咔嚓咔嚓"咬着,白巧克力的味道在口腔里漫延,甜腻到喉咙疼。

她平视前方，略略出神。

季时秋的声音打断她神思。他说："我去那边看看。"

吴虞警觉地抓住他手腕，扣留住他。

季时秋垂眼，等了会儿，女人并不开口。

不知是不是风太冷厉的关系，吴虞的鼻头轻微泛红，她昂头看着他，眼底有了情绪，变得咄咄逼人，扯他的手也没有丝毫放松。

季时秋注意到她同样冻得发红的指节，抿唇："一会儿太阳升起来后，我可以送你去我们半山腰休息过的大石头那里。"

他声音异常冷静，没有波动："来之前我和林姐说过，如果傍晚五点前我们还没回旅社，就让她带人上山找你。"

"你放心"这三个字他不确定该不该说出来。

吴虞勾笑："原来风油精是幌子。"

季时秋语气淡淡："山里蚊虫本来就多。"

他把她的手从自己腕部剥离："照片给我吧。"

赌气一般，吴虞毫不迟疑地掰开手机软壳，抠出照片。

在他接过的一瞬，她轻声吐出四个字："你真无耻。"

季时秋微怔，没有反驳。

再抬头，四周已亮了些，东方的天空有了色泽，是一种渐变的橘子红，像蘸饱颜料的笔刷从左到右一层层涂抹而出，纯净，辽远，空灵，与云海形成清晰的边缘线，将天空瓜分为二。

季时秋心头震颤。

2

蔚为大观，过去曾在课本里学到的成语从此有了实感。

圆日从其间探头，光是一小截，都灼亮得难以逼视。伴随它升高，周围的橘红愈发浓烈，逐渐变成鲜红，像稀释过的血液，源自破晓的伤痕。

云层缓流，边缘被渲成高饱和的金红。

季时秋入迷地望着，一瞬不敢眨。

风涌起他黑色的发梢，他情不自禁地往崖畔走去。

天那么耀眼，又那么柔和，好像只要走到里头去，所有的罪过就会被洗涤和宽恕。

"季时秋——"忽有人唤他名字。

季时秋还魂止步，循声望去。

是吴虞，不知何时，她已经起身找过来，还提着那只沉甸甸的双肩包。

她双眼死盯着他，脸冻得发白："我就在这儿，你敢当着我面跳下去吗？"

荒草在她腿边浮动延绵，她把包随手扔在地上，又一屁股坐下，翻出里面的啤酒，用力扯开拉环："我从没见过人跳山，我要边喝酒边看。"

许是颠晃的关系，白色的浮沫不断从小口拱冒而出，顺着她指节淌满手背，而她浑然未觉。

她灌一大口，用手背抹嘴，又把另一听啤酒打开，架在一旁："要么被当笑话，当下酒菜；要么回我身边来，我们一起敬日出。"

敬日出……

那么动人的，美丽的，充溢着希望的话语，却快把季时秋击穿了。

他眼眶酸胀，唇瓣开始打抖。

男生逆光而立，背后是灼烧的天，风裹出他身形，也将他衬得更为消瘦。

吴虞的声音变得像嘶吼，像吵架，一声高过一声："我小时候经常上山。告诉你吧，云海是很诱人，但这个山势跳下去，多半不会死，你会被我们来时路过的树拦住，毁容断胳膊断腿，然后送去医院。

"你有钱住院吗？

"手术还要家属签字，你无父无母，可别指望我代劳。

"你手上还拿着你妈妈的照片。

"你只是带她来看日出，为什么还要给她看你的无能？"

……

在她密集又狠毒的话语里，男生渐渐被瓦解，被摧毁，被熔化。

滂沱的无力和绝望彻底将他灌满，一心求死的意志也被冲散，他像一株曝晒后急剧凋敝的麦草，慢慢蜷缩着蹲下身体。

他用手死按住脸。

痛苦的泪水和呜咽从指缝溢出，再难遏止。

不知多久，一双手伸过来，从两侧绕脖而过，然后揽住他。

季时秋彻底脱力，埋向靠过来的肩膀，剧烈地哭喘。

他们在低处相拥。

天明了，盛大的金芒仿佛能将他们溶于其中。

女人静静梳理着他后脑的头发，说："我们下山吧。"

3

重新踏上来时的那座横桥时，已经是正午。

水波明潋，山野烂漫，吴虞趴在季时秋肩头，勾着他脖颈，还将手里的面包撕扯成小份，一块块喂进他嘴里。

开始季时秋有些抗拒，但他实在饥肠辘辘，也就半推半就地接受投食。

河对岸长了棵高木，目测有百余年寿命，但繁盛如旧，枝叶舒展，将大片水光映得绿莹莹。

几位艺考生排坐于荫翳间，有男有女，架起画板，都在聚精会神地写生。

季时秋背着吴虞穿过石桥时，他们都被吸引，目迎他们走近。

来到他们身边，吴虞倏地开口："停一下。"

季时秋不解，但没多问，原处驻足。

吴虞锁定当中那个最为漂亮的少年："哎，你——"

少年抬脸:"叫我?"

吴虞"嗯"一声:"能花钱跟你定张画吗?"

少年:"现在?"

吴虞颔首:"现在。"

少年起身:"可以啊,不过我不要钱。"他熟练地取下刚上好色尚未干透的山水图,换新纸固定,"把你头上的花给我就行。"

吴虞头上是有簇花,下山时随手摘下的木樨花,明黄色。

途中有季时秋背她,高度正好,她见花秀丽幽香,就顺手折了小枝当簪子,将头发绕成低髻。

"不是给我画,"吴虞指一指季时秋,"是给他画。"

季时秋闻言,当即抬腿要走。

她像勒马那样硬生生拉停他:"你走得不累吗?刚好坐下休息会儿。"

少男少女瞧着他们失笑。

吴虞双手别至脑后,取下花交予少年:"画他也只要我头上的花吗?"

少年接过去:"嗯,都一样。"

季时秋对吴虞的心血来潮无计可施,只能将她放下,并坐在河堤上。

微风轻拂,光束从叶隙打下来,像在落一场透金色的雨。

作画的少年调整画板朝向,拖了拖折叠椅,坐正身体,开始速写。

其余同学都离座围观,交头接耳,看个热闹和新鲜。

也就十来分钟光景,少年询问是否介意他署名,吴虞摇摇头,他便在右下角提上 Waves 这个署名,随后离开画板,将纸交过来。

使用的画具是软碳,看似草草几笔,就将人物涂绘得惟妙惟肖,连神韵都别无二致。

得到物超所值的成品,吴虞稍感意外。

她比照一眼身畔的季时秋,夸赞:"很像。"

少年抿笑,重新回到画幕后。

而季时秋从头到尾兴致缺缺，只消遣般不时将手边的石子抛向水面。

吴虞将画放到他腿上："喏，你的新生儿画像。"

话音刚落，季时秋讶然侧眸，而女人的注意力已不在这边。

她抱腿凝视着面前的山景。

闪烁的河水在她瞳仁里流动，熠熠的。

季时秋没有说话，倾低脑袋，定定看纸上的自己。

光斑滴落在色调简单的画纸上，有一处刚好点在他眼里。

像有魔力，画里的人突然就有了灵魂。

第九片落叶
纵情的容器

男生浓黑的眉眼隐在刘海里,有种一丝不苟的专心,
像根牢固的弦,让人想把它弄断。

1.

下午四点,他们出现在村头。

林姐早在旅社门口翘首以盼,一望到人,忙迎上前来关心:"哎呀可算下来咯,我差点儿要找人上山。"

见吴虞被背着,小腿还缠有布条,又问:"你摔着了?"

吴虞"嗯"了声。

林姐跟他们进门,帮忙将吴虞搀坐到桌边:"严重吗?要不要让小秋陪你去卫生院看看?"

季时秋拧矿泉水瓶盖的手一顿,然后举起来喝。

吴虞轻描淡写:"我没事儿。"话罢站起身,从容走了几步,稳稳当当,与刚刚软在季时秋身上的她判若两人。

林姐目瞪口呆。

季时秋也愣住,水鼓在腮帮子里,过了会儿才吞咽下去。

2.

上楼后,他不爽地把包丢地上:"你一直这么会演吗?"

吴虞没答话,从抽屉里找出烟盒与打火机。

"嗒"一声,焰苗闪跳,她衔住烟深吸一口,无辜腔:"我演什么了?你诊也诊了,最后要背我。这是你选的。"

季时秋无可辩驳。

吴虞靠坐到椅子上，闲惬地叼着烟，把包拖自己跟前，从内袋取出那卷现金，又拨下手腕上的黑色细皮筋，将它捆实，递出去："这里有一千六，去皖北绰绰有余，你拿着找辆车滚吧。"

话音刚落，屋内死寂。

季时秋隔着段距离看她，没有接那些钱，目光深黑。

吴虞抖抖烟灰："接着。"

季时秋转头出门，吴虞眉梢微扬，不疑惑，也不挽留。

楼梯间步履急促，渐渐无声。

3

周遭恢复宁静，吴虞枯坐在那里，无所事事地按亮了手机。

她没有解锁，只睇着壁纸发呆。

右上角信号格全满，但她却有种熟悉又陌生的断连感，好像独自一人回到幽邃的山谷，徒留空寂作伴。

她徐徐抽完了整根烟，刚要去烟盒里摸第二支，"哐啷"一声，门板又被推开，季时秋去而复返，手里还拎着小袋东西。

吴虞有些讶然。

男生一步步走过来，把塑料袋放她面前。

吴虞翻了翻。

里面装着碘酎，棉球和创可贴。她盯了它们好一会儿，费解："你哪儿来的钱？"

季时秋说："跟林姐拿的。"想想更换措辞，"跟林姐赊的，你预存的钱。"

吴虞："……"

她伸出腿，没好气蹬他一脚。

女人动作突然,季时秋自是避不开。

他躬身掸去裤腿上张狂的鞋印,再抬眸,吴虞光裸的小腿二次探近。

她将药品袋子扯过来:"你给我上药。"

季时秋问:"你没手?"

吴虞没回嘴,只将碘附瓶推倒,手背一扫,让它往桌边滚。

眼见要掉出桌面,一只掌骨分明的手快速捞住。

手的主人面色微沉,屈身架住她那条伤腿。

他小心解开之前当作替代品的布料,凑近检查伤势,然后拧开碘附,倾倒少量在瓶盖里,用棉球蘸取,仔细擦拭创口。

为方便操作,季时秋又是半跪姿势。

男生浓黑的眉眼隐在刘海里,有种一丝不苟的专心,像根牢固的弦,让人想把它弄断。

吴虞的小腹热了起来。

固定创可贴两端时,他干燥的手指捻过吴虞腿肚。

牵动伤口痛,她情不自禁地呻吟一声。

轻微,短促,但在两人间足够鲜明。

季时秋顿了顿,打算起身。

同一时刻,女人问:"怎么回来了?"

季时秋没回答,再次尝试起身。

"舍不得走?"她将他铐回原处。

季时秋心烦意乱地摆脱她的钳制,起立一瞬,又被吴虞拽住小臂。

她借力从椅子上起来,凑近他,食指划过他人中,好像要借此刷开一道门——那就是季时秋的嘴唇。它们习惯性地抿着,牙关闭合,透着些不矫饰的自持。

季时秋回身,将她反推至床边。

状况出乎意料。

上山,下山,长达一天一宿的跋涉并未让季时秋体能殆尽。

急不择路的鲁莽过后，他在短时间内变得得心应手，掌控局面。而吴虞，只能吊着他脖子，上气不接下气。

　　过去几年间，她没少给过那些前男友"入场券"，但季时秋不同，他是刚被强拽回生门的人，体内有积压的欲和自毁般的恨，还有年轻的蛮横和滚烫。

　　任谁成为容器，都能颠倒其中。

第十片落叶
冒险的月亮

把心交出去,
就等于要经历一次阴晴圆缺的冒险。

1...

卫生间里也在下雨,是季时秋在淋浴。出来后,男生顶着一头湿漉,没回床上,拉开窗户借自然风吹头。

吴虞支起头看他:"感觉怎么样?"

季时秋斜来一眼:"什么怎么样?"

吴虞问:"不想听听我的评价?"

季时秋的刘海在山风里簌簌动着:"你已经评价过了。"

刚在床上,吴虞并未言语,无非是泄出些不堪入耳的动静,但季时秋这样消遣她,她当然得杠回去:"我评价什么了?"

季时秋话少,更不想在这档子事上多做纠缠,遂不作声。

他揉揉不再滴水的头发,套上衣服:"下楼吃饭了。"

2...

林姐的饭桌上多了个陌生男人,据介绍是个村里一位鳏夫,先前在县城中学当音乐老师,后来车祸伤了腿落下病根出行不便,不到四十五就退休在家,提前过上种地养老的安逸日子。

林姐亲近地唤他"老郑"。

吴虞接过林姐盛好的晚饭,挤眉弄眼,瞧得那老男人都面红耳赤起来。

林姐扬高饭铲,作势要打她:"什么德行,就许你有男人?"

吴虞仍是笑,问老郑:"你教音乐,你会什么啊?"

"钢琴、口琴,都会。"老郑从裤兜里摸出一管银色口琴,抬眼看林姐,"我今天刚好带来了,她说要听歌。"

林姐顿时埋低脸。

吴虞搭腮:"吃完我们能一起听听吗?"

老郑说:"当然了。"

林姐去锅炉边夹出一盘烤好的黑芝麻馅饼,端过来:"快中秋了。我做了些月饼,你们要吃就拿。"又招呼季时秋,"小秋你多吃些,爬了这么久的山,还要背人,要多补充体力的。"

吴虞乜他,态度闲闲:"他体力好着呢,取之不尽用之不竭。"

林姐和老郑俱是一愣,又不约而同地静默。

而一直闷头吃饭不插话的季时秋终于掀眼,这一眼颇罕见,能跟"瞪"这个形容沾上边,也让他从认识后就惯常阴郁的面孔多了几分生命力。

"吃饭,吃饭。"林姐和气入座。

饭后老郑特意漱了口,坐到门口台阶上正式开始自己的口琴表演。

林姐指名要听《月亮代表我的心》,他提早在家练习过两天。

熟悉流畅的旋律从男人唇齿间吹奏而出,飘荡在静谧的小院里。

皓月当空,将草荡映成雪野。

3

林姐挨靠在他身旁,轻轻伴唱:"你问我爱你有多深,我爱你有几分,我的情也真,我的爱也真,月亮代表我的心。"

吴虞坐得比他们低一级。侧耳聆听少晌,她乘兴拿出手机,想为他们两个摄像留念。

林姐害臊,连连摆手说不准,吴虞偏不就范,两个中年人也就允下了。

后来，听到至情处，吴虞也跟着哼起来。

两道粗细不一有高有低的女声编织出意外动听的和音。

一曲终了，吴虞捧场拍掌，撺掇老郑再来一首。

中年男人笑不拢嘴，关心起全程闷声不语的季时秋，同吴虞说："你男朋友想听什么？"

吴虞望着圆月挑眉，轻声回："谁知道呢。"

季时秋瞥向她，月色里，女人眸子清亮，直勾勾地瞧着他，她用只有他俩能听见的声音重复："想听什么，男朋友？"

季时秋心跳不自觉加快，望向她的目光是一种纯黑色的酸液，被久久注视，胸口会有腐蚀般细微的刺痛。

他抬手捏住她下巴，拨弄关节玩偶般，硬生生把她的脸反转至另一边。

吴虞低笑。

秋夜的风无故燥热，季时秋摸了摸鼻头，发觉那里竟已汗湿。

4

临睡前，吴虞靠坐在床头玩手机，回味那些上了年纪的老歌。

季时秋晾晒好衣裤，回到桌边坐下，半晌没动静。

吴虞挑眼，发觉他又在看那张合影。

"你出来玩儿怎么不带手机？"她与他搭话，"不无聊吗？"

季时秋摩挲相片的手一顿，将它收回抽屉里。

吴虞又问："怎么不看我送你的画，还是……在我面前不好意思？"

季时秋胸口浮动一下："没什么好看的。"

吴虞说："没什么好看的，也没见你路上扔了，反正没花一分钱。"

季时秋再次拉开抽屉，想立刻把它拿出来从窗口丢掉，被风随便卷去哪里，但几秒的天人交战后，他缓缓将抽屉推回去。

"我休息了。"他走回床边，去按床头的电灯开关，屋内登时不见五指。

5

黑暗里，女人没了声音，只有手机屏幕发出莹亮的白光，过了会儿，光也彻底消弭。

轻微的声响从床那端传来，吴虞攀着他肩膀，指甲似利齿，恶狠狠咬住他上臂发紧的肌肉："你装什么！"

季时秋也不知道他装什么，内心纠结、动摇。

他从没见到过这样的女人，让人想逃开她，逃得越远越好，这样对他俩来说都更加安全；可又发疯般想要靠近她。

他只能克制自己不去亲吻她，假装自己不曾倾注任何臣服与情意。

吴虞也发现了他莫名其妙的倔强，故意口出恶言："嘴硬，你也就这点本事……"

季时秋用手封死她嘴巴，她不挣扎；而他的掌心像被小猫舔了一下。

季时秋收手攥拳，不得不倾身以唇阻遏。口业在她，而业力仿佛馈报在他头上。

他周身如焚，在隐秘沉浮的罪恶与快慰中一点点肢解自己，也重铸自己。

……

6．．

两人并排躺着，许久，鼓噪的心跳才得以平复。

月亮升高，透窗而入，将洁白的光砖铺到季时秋左胸上。

吴虞用手给那光斑描边，并哼起不久前被中断的旋律。

她的鼻音极轻极低，季时秋闭气，才能听出是老郑今天用风琴吹奏的第一首歌。

吴虞找到季时秋眼睛："你知道月亮为什么能代表心吗？"

不等对方回答，她声调软散，慢条斯理："根本不是歌里唱的它有多么真和深，而是它会消失，也不私有，甚至不是每一天都那么圆满。把心交出去，就等于要经历一次阴晴圆缺的冒险。"

季时秋盯住她。

女人似在念蛊咒，一种让人轻盈也让人紧绷的咒语。

她轻柔地摩挲着他脸颊，问："小秋，你想冒险吗？"

第十一片落叶
透明的玻璃

她侧贴着他胸膛,细听他心脏隆重的节拍。

1.

吴虞等了很久，没有等来拒绝或同意。

漫长的静默后，季时秋握住她搭在他脸上的手。

吴虞挣了挣，他不放，反倒偏脸啄吻起她手腕内侧，渐渐地，发泄一般，愈来愈猛烈，重而急促地又亲又蹭。

那个位置有脉搏，薄薄的皮肤下方是血流。

吴虞鼻息变得紊乱。

被这样亲吻，竟更容易让人动情。

"季时秋……"她难耐地叫他名字，嗓音黏糊。

男生停下来，把她拉回怀里，下巴抵着她额头，一动未动。

吴虞快以为他睡着了，正要抬头确认，却听见他沉声问："我是第几个？"

吴虞回想片刻："没数过。"

季时秋低头，唇虚虚路过她眼角："你之前那些男朋友怎么样了？"

吴虞半开玩笑："死伤惨重。"

季时秋闻言，意味不明地笑了一声。

吴虞撩眼："怎么，你觉得我在吹牛？"

季时秋说："没有。"

他当然不会认为她吹牛。

面前的女人像是黑皇后和女巫。

早前两天，他有无数机会离开这里，离开这个将被秋色覆盖的村落，离开这个无处可去也无路可退的世界，但总会鬼迷心窍地被她绊住。

吴虞见他再度无声："怕了？"

季时秋道："怕什么？"

吴虞："怕加入我的冒险。"

季时秋难得轻松地挑唇："不怕啊，反正我已经死过一回了。"

吴虞怔神，因为季时秋近在咫尺的样子。

他笑得异常纯净，第一次在她面前展露出那种年轻男孩独有的憨态，有天不怕地不怕的勇猛，又有点缺心眼的简单。

他就像一块透色的玻璃，卡有弹壳，充满裂纹，但依旧完整，能折射出同样动人的光影。

吴虞挠挠他下巴："死过一次很了不起吗？"

胜负欲紧随其后："谁没死过？"

她调整睡姿，枕住自己胳膊："人本来就是在反复地死去，从精神上杀掉过去的自己，一次又一次，循环到衰老或疾病把肉身带走。"

季时秋摸着她铺来手边的头发："你以前想过死吗？"

吴虞说："很多次。"

季时秋微诧："为什么？"

吴虞反问："你呢，你为什么想死？"

季时秋答："找不到活着的意义了。"

吴虞说："这太宽泛了，活着的意义……什么是活着的意义？"

"目标？"季时秋不能很精准地概括或具述，但他陡然消沉的情绪格外饱满。

"以前总想带我妈去看病，带她游山玩水，可惜没来得及。"他说。

吴虞微不可察地弯弯嘴角："你很爱你妈啊？"

"你不爱吗？"

"不爱。"

2

季时秋意外地看向她。

吴虞撑坐起身,摸到床头柜上的烟盒和火机,点燃悠悠吸一口,白色烟雾模糊了女人眉眼,她问:"你总该念过小学吧?"

"嗯。"

"你们班女生都是几年级发育的?"

季时秋莫名:"没注意过。"

"你注意我倒是很清楚。"吴虞呵声,意有所指。

"我五年级开始发育,没人告诉我还有内衣这种东西,夏天我也穿着不合身的旧衣服,它们在我身上绷得紧紧的,我妈看到了,甩了我一巴掌,骂我不要脸。还有一次,我妈出去打牌,我弟睡觉,我在卧房写作业,后爸坐来我身边,说是要辅导我。读题的时候,他把手搭到了我肩上。"

吴虞咬着烟嘴,揉肩般轻描淡写地示范:"就这样捏了捏,接着往我后背衣服下面摸。你猜后来怎么着?尽管浑身发抖,但不知道哪来的反应和勇气,我立刻拿出笔盒里的美工刀,一下子推到最大,眼睛死盯着书里一道题,警告他,放手。他很害怕,说了许多难听的咒骂,最后摔门出去,而我到现在都记得那道题:把一根长一米的圆柱体钢材截成三段后,表面积增加 7.16 平方分米,求问这根钢材的体积。"

吴虞语气无波无澜,好像故事里的主角并非自己,只是在描述某部曾阅读过的凄惨小说:"那个瞬间,我觉得自己就是那根钢材,也被腰斩了。"

身畔人并无动静,吴虞疑惑转头,随即戏谑指出:"你该照照自己的表情。"

季时秋一字不落地听,沉浸其中,不自觉咬紧牙关,反应过来两颊都有些僵痛。

吴虞把剩余一半的烟蒂丢回烟灰缸里:"心疼了?"

季时秋没接她话，只报出几个数字："17.9。"

吴虞："嗯？"

季时秋说："体积是 17.9 立方分米。"

吴虞愣住，睫毛扇动几下，而后揉他肩膀："看把你能的，别人讲故事，你在那心算？"

季时秋把她扯回身前，拥紧了不让她乱动："小学数学题罢了，有什么能不能的。"

吴虞侧贴着他胸膛，细听他心脏隆重的节拍，不由失笑："那行啊，再算算，季时秋什么时候最爱我？"

脑袋上方安静少刻，回了两个字："现在。"

第十二片落叶
漾动的余晖

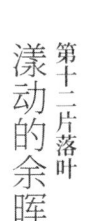

人很奇怪，对爱总伴随着矛盾的念想，都了然爱在当下，却也祈求爱能恒远。

1

吴虞听过许多情话，容貌姣好的关系，她身边不乏异性，那些山盟海誓也听得两耳生茧。

可对绝大多数男人而言，倾心之词信手拈来，就像打了个嗝，因为得到某种餍足，可能是身体上的，也可能是精神上的，饱腹嗳气后悠悠消散，并没有什么分量。

季时秋的话，在她看来亦如此。

即使他语气认真，神态带着毅然，当然，这份毅然可能得益于他锐气的五官，说何种话做何种事都显得磐石无转移。

她假装信了，像所有得到允诺的女孩儿，得寸进尺地刁难："现在？那下一秒呢，明天呢，后天呢？"

季时秋却说："每个现在。"

吴虞心脏骤停一下："你答得真狡猾。"

但她喜欢这个回应，给予奖励般，去啄吻他下巴。

季时秋低下头来，与她唇舌纠缠。

情爱这东西大多虚幻，但在这种时刻，它们就会变得具体和真实。

而每每如此，吴虞也会获得完全意义上的掌控权，成为这部分世界的主宰。

他们沉睡到日上三竿，醒来时，吴虞仍窝在季时秋怀里，而抱着她的男生依然深眠。

她摸了摸他好看的嘴唇，他也没动静，唯独眉间褶迹长久不退。

吴虞去抚那里，要用自己的手指把它熨平。

她成功了。

季时秋在这种持续的触碰里睁开眼睛，他戒心很重，清醒得极快，眼球里是清明的黑。

"早上好啊。"吴虞绵绵地和他打招呼。

季时秋问："几点了？"

吴虞说："应该已经中午了。"又问，"饿吗，要不要起床？"

"不要。"季时秋懒散地动动身子，虚拢住她后腰的手臂用上了实力。

吴虞因为他的拥裹笑一笑："干吗……"

他的鼻息和嘴唇陷到她颈边，没有说话，好像在吸氧。

吴虞拱肩撞他下巴："你要一辈子赖床上啊。"

自然是不行。

早午餐一并解决，吴虞决定出去走走，来绥秀几天了，她还没好好观览过这个尚未被商业化侵蚀的古村落。

罪魁祸首走在她身畔，起初他们只如先前一般并排而行，鲜有肢体触碰。

今天吴虞主动握住了他的手，季时秋愣一下，反扣住她的。

吴虞说："以后这种事请主动，不是所有女人都如我。"

季时秋忽地就收紧指节，掐得她手发痛。

这在吴虞预想之中，他现在只有她，她却已经在交代后话。

如何不激怒他。

她有异于常人的癖好，无法步入正常而稳定的爱恋，总是不厌其烦地通过惹毛对方来证明自己的价值，她的"被爱"一定要充满飓风和骤雨，永远不会是波光宁静的午后。

她的"被爱"必须伴随着男人的悲苦，仿若如此，才能代偿她从小到大得到的所有对待。

2

路边常有一种花叫夹竹桃，或粉或白的花朵看起来清丽无害，但她的花叶茎均有毒性，严重甚至会致人死亡。

逛完为数不多的几间廉价铺子，吴虞选了条丝巾，仿真丝质地，工艺劣质的印花形夹竹桃。但被她挽到脖子上后，它的价格翻涨百倍。

吴虞的长相有着不流俗的高级。

季时秋不知道她多大，但她看起来要比行事风格年轻，几乎无斑纹和毛孔的肌肤多在小孩子脸上才能看见。她像是光面的玉净瓶，看久了会不自知屏息。

"好看吗？"镜子里的女人扭头问他。

季时秋无法否认，但能含蓄："还可以。"

她很美。

打从第一眼见她，这就是不容置喙的事实。

客观的美丽让店主也凑上来称赞："姑娘你就带一条走咯，多漂亮啊。"

吴虞扫眼季时秋，把仇恨值引到他身上："他只说还可以。"

中年女人顿时目光如炬地瞧过来。

季时秋静默两秒："很好看。"

好看是如此万能，好看到她讨价还价的样子都不显市侩，好看到他从头到尾盯着挨在货架旁的她目不转睛。

吴虞没有再摘下那条丝巾。

与季时秋前后迈出店门，这一回，他自觉地攥住她的手。

吴虞轻不可闻地嗤一声，他的脸开始发热。

挑剔的是她，指导的是她，可当他照办，讥诮的也是她。

那一瞬间，他想甩脱算了，以此挽回和守护尊严。

矛盾的念头旋即被日光冲散。

女人用他们相扣的手遮阳，而不是她闲着的那一只。

他右手的侧边紧贴在她微凉的额头上，那么亲近。

自尊至此不值一提，他变得极易满足和愉悦。

他们漫无目的地逛着，渐渐远离炊烟萦绕的村庄。

野外风很大，稻香清新，蒲苇荡漾，有只水牛被系在高木下食草，吴虞望见了，饶有兴致地朝那走。

本意是为看牛，但走至近处，牵制着牛的那棵树却更加引人注目。尤其是它的叶片，形态相当秀致，色泽大多呈豆绿，有些已泛出青黄，吴虞伸手撷下一片。

季时秋跟着瞟了眼："乌桕树。"

风大，吴虞没听清："什么？"

季时秋说："树的名字，乌桕树，我们那也有很多。"

吴虞抬头看树冠和枝形："很漂亮。"

季时秋说："还没到最漂亮的时候。"

吴虞捏着叶柄："什么时候才最漂亮？"

季时秋想了想："一个月后吧，它的叶子会先变黄再变红，远远看像开了一树花。"

吴虞因他的描述心生遐想，想象着手中绿叶染红的模样。

季时秋下意识道："今年应该看不到了。"

吴虞敏锐地发问："为什么？"

季时秋看她："你会这里待很久？"

吴虞丢掉那片叶子，放平目光："我不知道。"

季时秋抿抿唇，再抑制不住自己的好奇："你是哪里人？"

吴虞说："你没必要知道。"

季时秋"嗯"了声，是没必要，但女人的反骨和壁垒是钝击，闷痛令他不着痕迹地蹙眉。

心情变得差起来，他问："凭什么？"

吴虞转头，发丝飘动："什么凭什么？"

季时秋说："我告诉了你很多。"

死亡的念头都共享无遗，而他对她近乎一无所知。

煎熬就此拉开序幕。

3

当一个人开始祈盼真正走进另一个人的内心，屡屡碰壁就成为不自量力的惩罚。

吴虞一针见血地说："我问你今年为什么看不到了，你回答我了？"

季时秋哑然无声。

"如果我说，我能在这里待一个月，等到乌桕树叶子都变红，"吴虞面色变得好笑："你呢，你要去哪？认识你之后，你、包括你身上的一切才叫虚无，还都像是有时限。你自己没发现？"她冷静地问。

山脚的风大起来，稻浪如潮涌，而季时秋沉默着，好一会儿，他没什么情绪地启唇："你以为你就没有？"

吴虞拨了拨散掉的丝巾："我当然有。你不会以为我能为你停留吧？"

季时秋垂了垂眼："我没想过。"

吴虞冷笑一下："会停留的才不叫冒险，叫殉葬。"

季时秋的眼光在短暂的激颤后变得死寂："我知道。"

针锋相对间，他们的手不知不觉地走失。

吴虞撂下一句："那还问什么。"然后兀自前行。

不该问的。

季时秋在心里懊丧，还有对自己痛恨。

他上前两步，重新找到她的手，吴虞没有摆脱。

女人手被风吹冷了许多，他无声无息地捂住。

人很奇怪，对爱总伴随着矛盾的念想，都了然爱在当下，却也祈求爱能恒远。

没被真正爱过的人就更怪了，除去矛盾，它还裹有更为痛楚的重塑，被过往淬炼成挥向自己和对方的刀剑。

如果一个人被刺得鲜血淋漓，还能一遍遍站起来，靠近她，她才勉强认为，她或许被爱着。

也只是，或许。

4

吴虞没有被真正爱过，从没有。

不过能肯定的是，晚秋之后必是凛冬，所有浓彩都会被雪白覆灭。

可当季时秋手心的温度传递过来，她鼻头微微酸胀了。

身边人沉默得像不存在，却让她心头的冰原有一角塌陷。

他们走到湖边，其间没有半句交谈，唯独风在诉语。面前是大片荷塘，有船家干坐在岸边萧索地抽烟，吴虞被感染，也点燃一支，走过去同他交谈："你这船载人吗？"

头发花白的老头抬眼："不载，拿来捞鱼摘莲蓬的。"

吴虞问："给你钱呢。"

老头立刻变了说法，问她给多少。吴虞让他开价，老头报个数字，她淡淡应允。

吴虞叫他只载一圈就好，随后轻盈地跃上摇橹船，季时秋跟上去。老头掌起木桨，操着不熟练的普通话问他们从哪来。

吴虞这次回答了他："赣省。"

季时秋看了她一眼。

这样无声地荡游一圈，荷花已不见一朵，圆叶凋萎了些，耷拉着半卷的焦边，沿途他们还看到了那种树——来时曾遇到的乌桕树，它在皖地随处可见，有繁盛，有细弱，但一样夺目。

残照时分，万木走向朽败，绥秀的山水也灵气未减，有静美的诗情画意。

吴虞拍下一些相片。

整个游船过程只有手机快门音，她和季时秋只字未言。

临上岸时，风骤然大了，卷走了她本就松弛的丝巾，吴虞发出惊讶的喉音，随后回望飘远的丝巾，它被湖心的一枝莲蓬拦阻，半截淌入水里，被完全浸没。

她露出惋惜之色。

吴虞转身，想问老头能不能再付点钱帮她将丝巾取回。

话未出口，身畔扑通水响，季时秋已一头扎入湖里，毫不迟疑地游向那条丝巾。连撑船的老头都呆愣住，看傻眼。

赤霞色的湖光在季时秋周身闪烁。水淋淋的，小王子一样的漂亮少年，甩开满头满脸的水珠，折下那枝细长的莲蓬，单手举高，避免丝巾再在水面拖曳。

余晖在他身后大范围漾开。

秋天的傍晚很凉，可他看起来温暖而潮湿。

担忧过后，吴虞变得气笑不得。心跳出并不熟悉的频率，她为遮掩它而大喊："你不要命啊——"

像是炫耀战利品，季时秋笑起来，冲岸口的女人晃动手臂。

不以生死为计价，怎么称得上是冒险。

第十三片落叶
直觉的落点

反正就是笑,释放地笑。
不管病痛,不管心伤,不管过往,也不管明天。

1.

季时秋自小善水，但天气平等无人性，不会给他的勇猛以优待。当晚回到民宿，他开始打喷嚏，免不了吴虞好一顿冷嘲热讽。

他假装没听见，抿着白开水挨窗看山景。

丝巾没有与其他换洗衣物晾一起，而是被吴虞挂晒在窗沿，随风飘荡。季时秋为这种区别对待而自得，想笑的时候就托高杯子掩饰下半张脸，等恢复正经再放下来。

到了夜里，他拥有了前所未有的体验。

翌日清晨，吴虞是被季时秋烫醒的，男生坚硬的身体像个火坑，她不耐地动了动，后觉地用手背探他额头。

"死东西。"吴虞暗骂一声。

季时秋烧得很厉害，腋温直逼四十度，吴虞把水银温度计搁回床头："我下去问问林姐卫生院在哪儿。"

季时秋却很抗拒："不去。"

吴虞只能去楼下问林姐是否有退烧药。

林姐翻了些乱七八糟的药盒出来，嘀咕："也不知道过期没有。"

吴虞挑拣着，选出感冒冲剂和止痛药："死马当活马医了。"

林姐笑说："昨天我还没问呢，小秋掉水里了？"

吴虞呵了声："嗯，傻不拉几的。"

她没有见过比季时秋更蠢笨的人，船就在旁边，明明有那么多方法可以寻回丝巾，最不济是放弃，而他却不假思索地下水，以身犯险。

季时秋坐在床边，将胶囊和水吞服下去，又被吴虞按回床上躺好。

他说："我想起来。"

吴虞问："你头疼了？"

季时秋不硬撑："疼。"

吴虞说："那就好好休息。"她起身拉上窗帘，让房内灰暗适睡。

季时秋没再吭声，他浑身炙烤，头痛得想把脑袋立刻摘掉，但他分毫不后悔。缓释片起效没那么快，季时秋辗转反侧，闭眼良久，却怎么都无法安睡。

回到桌边玩手机，几次掐灭烟瘾的吴虞留意到，眼一挑："睡不着？"

季时秋默认。

吴虞放下手机，破天荒地说："我可以唱歌给你听。"

季时秋的身躯明显一顿，似是没想到。

"不想？"

"你唱。"

吴虞略一思忖，唇瓣微启："一只青蛙一张嘴，两只眼睛四条腿。乒乓乒乓跳下水呀，青蛙不吃水太平年。荷儿梅子兮水上漂。荷儿梅子兮水上漂……"

她借机用童谣嘲他，可季时秋完全不恼，肩膀震颤起来，在闷闷偷笑。

吴虞声线甘冽，唱起童歌来也是正经腔调，有股子别样的怪异，还怪异得……很可爱。

高烧带来的干涸和痛楚减退大半。

吴虞见状，停了哼唱："你笑什么？"

季时秋压抑着笑意："没什么。"

吴虞也被自己的突发奇想逗到，故意冷森森："不喜欢我的哄睡歌谣？"

反正在视角盲区，他看不到她也勾着嘴角。

"没有不喜欢，"季时秋实诚地答，"就是不太容易睡着。"

吴虞忍俊不禁。

像一个被允许的开关,季时秋再无法憋藏,半边脸笑埋在枕头里。反正就是笑,释放地笑。

不管病痛,不管心伤,不管过往,也不管明天。

2

他们持续性的笑场终结在吴虞一句"睡你的吧"里面。

再醒来,天色已暗,季时秋懵懵地挺坐起身,就见房内空无一人,身体的高烫也荡然无存。

无缘紧张,他立刻翻下床,穿鞋下楼寻人。

门扉阻隔了烟火气和饭菜香,一楼出人预料的热闹。

吴虞正在厨房跟林姐学炒菜,她没用过这种原始灶台,铁锅与铲子均放大一圈,翻搅起来也得使出双倍力道。

她穿着薄薄的贴身线衫,每炒动一下都会笑出来,间或与满脸嫌弃的林姐说话。

季时秋遥遥望着,原来就是这样的笑,能让油雾都变得仙气缥缈。

下午他背对着她,只闻笑音不见笑颜,多次想回过头看一看,又怕自己的突兀之举会毁坏那一刻的放松。

但现在,他得偿所愿,没有遗憾了。

林姐率先发现季时秋:"哎,小秋你烧退了啊。"

吴虞跟着看过来。

林姐连连招手:"你快过来看吴虞,炒个菜要把人笑死。"

吴虞回记眼刀:"我怎么了?"

季时秋走过去。

"小秋会炒大锅菜不?"林姐要去拿吴虞手里的锅铲。

吴虞收手后避:"干吗,要抢我饭碗?"

林姐嚯一声:"铲子还没学会拿就要当米其林大厨咯?"

季时秋说:"我不会。"

其实他会，他有很多技能，因为没有衣来伸手饭来张口的条件，幼时他不知晓，无人相较，但念书后，班里或多或少有几位公主和少爷，非贬义，而他不同，打小起就要为温饱和破局，被动"无所不能"。

今天餐桌上的四菜一汤有三道出自吴虞之手。

"还不赖。"林姐夹了一筷子尝鲜。

吴虞说："你当全世界就你一人会烧饭？"

林姐笑哈哈："是我有眼不识泰山咯。"

吴虞纠正："有眼不识'涟山'。"

林姐说："你是我们这人吗？都开始跟山攀关系。"

吴虞瞄了眼窗外山影："我喜欢你们这儿的山。"

"你不喜欢你家里的山？"

"喜欢啊。"

吴虞不爱家，但喜欢每座山，当她身处何处，那儿的山就能成为她的皈依。如此，她便永远不会流离失所。

她看向闷头吃饭的季时秋，淡问："怎么样？"

男生抬头："还行。"

一天没怎么进食，此刻他胃口大开。也许是因为吃了药，也许吴虞就是他的药。

3

晚上十一点多，药效过去，季时秋又烧起来，身体滚烫，他不动声色地往床边挪了些。

感冒多源自病毒或细菌，他担心传染给她。

尽管女人如她姓名一般，安然无虞，还自在地戴着耳机刷综艺，不时弯唇。

季时秋眼皮昏沉，隐约感觉屋内的白炽灯被关灭。

被褥窸动，有具微凉的身体贴过来，手圈住他腰腹。

季时秋脑子瞬时清明，周体一僵。但她与往常不同。没有更多恶意或勾引的动作，只是温柔地环着他。

"你没睡着啊……"吴虞贴在他肩胛附近轻问。

季时秋低低"嗯"了声。

"怎么还这么热？"她摸摸他胳膊，迅速坐起来，开灯倒水，督促他吃药，还埋怨，"又烧起来了怎么不说？"

怎么不说？季时秋也不明白。怕给她添更多麻烦，也怕她觉得自己羸弱，逞能后还要她来收场。

重新躺回黑暗后，季时秋提醒："你别靠我太近。"

吴虞问："怕传染给我？"

季时秋："嗯。"

吴虞总是强势的，跟没听见一般，她回到起初的背后抱姿势，也不为自己的行为找幌子或台阶。

"我就要抱着。"她说，"要么你滚到地板上睡。"

季时秋："……"

她对病人可真好。

她对他真的很好。

尤其是……当她又开始哼那首歌，白天的那首歌，只是旋律，没有歌词，但他们都知道是哪一首，青蛙跳下水。

然而这一次，季时秋却只想哭泣。

4

泪腺失控，让本就堵塞的鼻音更为粗重和明显，他竭尽全力控制，吴虞还是注意到了，她将手探上去。

即使男生反应神速地躲开，她的指端还是触碰到他下巴，摸到了湿漉漉的水渍。

"你哭了？"吴虞意外地捻捻手指。

季时秋心知瞒不下去，用被子潦草抹了把脸。

女人仍在猜疑和追问："哭什么？"

"想你妈妈了？"

这是完美的说辞，理应顺势应一声，可季时秋突然没办法撒谎。

因为他在想她，头痛欲裂心如刀绞地想着吴虞，哪怕他正被她拥抱着。高热会让人心率加速，情绪激张，肉身之痛与灵魂之痛交相混杂，他想起她白天的断言，他是虚无，他有时限，事实就是如此。

他回过身，双手握住她的脸，濒死一样，狂烈地亲吻她。

吴虞有些莫名，但很快融化在这种真实而热切的表达里。

她尝到了他眼泪的味道，是海水一样的苦咸。

药劲上来，季时秋睡着了，还保持着多此一举的睡姿，背对她。

拜托，他们口水都交换过百八十轮了。

吴虞什么都没说，但再难入眠，几日相处，她都没有完全看透季时秋。

神秘感是男女关系保鲜的法则，她变相宽慰自己。

5

玩了会儿季时秋后脑勺浓密偏软的黑发，她拿出手机，无所事事地刷微博。

有省内公安的官方博文推送过来，蓝底白字的通告图片引人注目，吴虞随手点开，是一则重大刑事案件悬赏通告，她对这些不感兴趣，本欲关上，不经意扫过下方在逃嫌犯照片时，她瞳孔骤紧。

这个人正躺在她身边。

吴虞看眼安睡的季时秋，又去看屏幕。她心惊肉跳，强压住发颤的指尖，仔细阅读通告里的文字内容。所有摸不准的直觉都有了落点。

原来，季时秋只是个化名。

他真正的名字，叫于朗。

那个义无反顾跃入夕照荷塘的闪闪发亮的少年，在她脑中反复映现。

第十四片落叶
悲悯的信徒

1.

剧烈的惊魂和空白过后，吴虞强令自己冷静下来。

她小心将那张通告图片保存进相册，又把微博的评论区全部翻阅一遍，在或知情或传谣的网友留言里，这个从相遇后就身份模糊的男生渐渐变得清晰。

有人愤慨，说他杀了自己的双亲后逃逸；有人扼腕，说他是他们村成绩最好的小孩，刚考上金陵医大；而更多的吃瓜群众在讨论他长相，说他人面兽心；也有三观跟五官跑的，痛惜帅哥为什么想不开……

通告里的白底证件照，大概摄于季时秋高中时期，和现在大差不差，唯独发型有变化。

理着寸头的少年面目冷锐，神色漠然，有着一张三庭五眼恰到好处的脸。

完全不像个罪犯。

很正气，亦很俊朗。

他姓名作假，但年纪没有，按文字信息透露的身份证号推算，他确实才十九岁。

他的老家也在皖地的北边。

吴虞瞥瞥季时秋后脑勺，过去几天那些不甚理解的疑惑在此刻真相大白，她心情复杂，想立刻摇醒他对峙一番，询问他是否另有隐情。

可又担心，倘若真与他开诚布公，他会不会如旁人所述的那般知人知面不知心？反让自己身陷险境。

吴虞不敢轻举妄动。

不知道为什么，产生后一种念头时，她竟感受到一丝亵渎——对季时秋的亵渎。

不到一周的时间，足以看清一个人吗？

那个义无反顾跃入夕照荷塘的闪闪发亮的少年，在她脑中反复映现。

就在这时，身侧传来动静，吴虞神思一凝，慌忙按灭手机，去观察季时秋偏过来的睡颜……不，或许现在该称呼他为于朗。

然而，这个陌生的名字完全匹配不了这张不设防的纯良的脸。

吴虞感到违和，更无法理解：他为什么不自首？

2

吴虞彻夜未眠，后半夜她不再关注网络里的内容，躺下来，静心凝视季时秋近在咫尺的面孔。

她钦佩自己的大胆，也讶异那些油然而生的哀怜。

在他变得一览无余的时候，她却有些看不清自己了。

不知道什么时候睡过去的，再转醒，她发现她已被季时秋揽在怀间。他胸膛恢复到舒适的温热，黑白分明的双眼也盯着她。

吴虞下意识屏息，惶然瞪大眼。

季时秋察觉到女人眼底划过的陌生情绪："怎么了？"

吴虞飞快切回正常状态："做噩梦了。"

季时秋问："什么噩梦？"

为了听起来更真切，吴虞信口胡诌编故事："梦到一只小狗……"

季时秋："嗯。"

"吃鱼被卡到。"

"然后？"

"没然后。"

"就这个？"

季时秋发笑:"这算什么噩梦?"

吴虞说:"我没来得及解救它就醒过来了,这还不算噩梦吗?"

季时秋在她一本正经的模样里加深笑意,退烧后的他变得有神采了些,洗漱之后,他回到床边。

3

避免他多想起疑,吴虞如往常那般,攥住他衣襟,把他拉扯过来索吻。

季时秋顺从地俯下身。

吴虞假装投入进去,并有点儿羡慕他。

一夜过去,她的世界天翻地覆,而他还活在虚幻而美丽的谎言乐园。

他清新得也像个谎言。

一上午,吴虞都没下楼,将书桌旁的椅子端放到窗后,看着外面一根接一根抽烟。

而季时秋被林姐吆喝下去帮忙晒谷物。

门前小院盈满了日光,男生跟在女人后面忙碌,不厌其烦的样子,一会儿,林姐去隔壁商店买了两瓶汽水回来,他却先拧开一瓶交给林姐。

中年女人因这种细节的爱护乐不可支,连忙摇手:"我不要我不要,这是让你带给吴虞的。"

说着往上方看来,吴虞敲落烟灰,漫不经心地朝他们摇摇手。

林姐喊:"看什么,就知道在上面偷懒。"

吴虞呛声:"大姐我是你的房客欸。"

林姐说:"人小秋就不是咯?"

吴虞说:"他是个屁。哪天房钱不够了,我把他留给你当抵押。"

林姐掸掸手:"那我可求之不得咯。"

季时秋闻言,笑在帽檐的暗影里都明朗而干净。

帽子……难怪他那天不让她摘帽子,不带手机,只用现金,不得不说,这个男孩很聪明。

他在逃亡前就已经精心拟定赴死的计划，可惜遇到了她，强硬地把他拉下日出时的山崖。

吴虞眉心微拧，打开手机里的通告，放大那张照片。

季时秋，你为什么要这样选？

握着尚未开封的汽水上楼后，季时秋看到坐回桌边的吴虞。

未经他允许，她取出了抽屉里的母子合照，正低头端详，神色不明。

见他回来，她扬眸一瞥，面色寻常。

季时秋微愕，上前两步，把相片抽回来。

吴虞淡声问："怎么了？"

季时秋说："让你看了？"

吴虞永远这么理所当然："我没看过吗，再看看又怎么了。"

季时秋放下汽水，将照片收入另一只抽屉，然后去卫生间。

再出来，女人正一眨不眨地望过来，等他走近，她弯唇说："你跟你妈长得挺像。"

季时秋没有接话。

吴虞问："你妈叫什么？"

季时秋说："问这个做什么？"

吴虞搭着下巴："就想问啊。"

季时秋语调平淡："没什么好说的。"

吴虞反问："那你前天为什么要问我从哪来？"

季时秋没了声音。

过了会儿，他才瞥来一眼："你也没回答我不是吗？"

吴虞说："我回答你了。"

季时秋问："什么时候？"

其实他知道是什么时候，可他就是想听她真正讲出来，仅是对着他。

吴虞说："在船上，你耳聋？"

季时秋抿抿唇，问："你家在赣省哪儿？"

吴虞笑了一下："怎么，你要赖上我啊。"

季时秋静静地看着她。

吴虞摆出拿他没辙的烦心样:"虔州。"

季时秋浓睫微垂,似在联想,又像默记,再抬眼,他说:"季明月。"

吴虞顿一顿,伪作讶然:"你跟你妈姓?"

季时秋无一秒迟滞:"嗯。"

空气静谧两秒,吴虞微微颔首,把打火机啪嗒丢回桌上。

4

林姐唤他们下楼吃午餐,她多烧了两道荤菜犒劳帮她忙活的季时秋,一道糖醋带鱼,一道油焖大虾。

入座后,吴虞惯常嘴欠:"年夜饭?"

林姐习以为常:"谢谢夸奖啊。"

吴虞气定神闲地码着筷子:"不客气。"

桌上仅三人,季时秋就坐到了她对面,他吃饭时严格执行寝不言食不语,席间基本没搭腔。

那只一到饭点必现身的大黄狗又风雨无阻地拜访,在桌肚里垂涎讨要食物。

它馋得要死,耷拉条大舌头,尾巴摇成螺旋桨,穿裙子的吴虞常被口水或糙毛波及,就没好气地用小腿格他。但她没使什么力。狗大多贱格,你越推阻它越跟你闹腾亲近。

用脚在桌下与大黄智斗五十回合后,她刚想说"有没有人管管这条狗",那狗却忽然扭头去了别处。

吴虞心奇,要往桌下探一眼,就听身旁林姐惊呼:"你要把狗当太子爷服侍啊。"

语气如大开眼界。

吴虞扬眸,发现季时秋正用筷子给自己碗里的鱼块剔骨。

仔细处理完毕,他才将鱼肉丢喂给大黄,又猛搓两下它脑袋。

季时秋敛着眼,淡笑不语,神色享受地做着一切。

林姐看他不解释也不狡辩,就找吴虞,求认同:"吴虞你快看他,你看过这种人吗?"

吴虞也一言不发,但她的视线再难从季时秋身上走远。

她没看过这种人。

但现在,她亲眼得见。

那只谎言里的小狗,是没有被解救,但他品味到鱼肉的鲜美,也延缓悲剧的发生。

她突然意识到,下山后的季时秋或许已做出决断。

她被同样的难题困扰一整天,却没想到自己就是那个唯一解。

她无法成为救世主,但她能推迟末日过快降临。

她不是法官,也当不了理中客。

她只做良善的随从,悲悯的信徒。

她收留了一个走投无路的男孩,只知他的名字叫季时秋。

第十五片落叶

金色的雨滴

只要不睁开眼,
梦就不会醒,金色的雨也不会停。

1.

吴虞变得不爱外出，过去几天她逮着机会四处游晃，被山拥覆被风浸润，但最近两日，除去吃饭，她大多时间都窝在床上，玩手机或睡觉，烟瘾上来才会去窗后抽烟。

她也找到了合理且无懈可击的借口，那就是装病，谎称季时秋把感冒传染给她，她才变得头疼且容易犯懒，浑身无力。

这样也能避免季时秋抛头露面，被更多村民或摄像头看见。

男生很好骗，看起来深信不疑，但他无法从早到晚在房内蹲着，秋是丰收时，农活颇多，林姐膝下无儿无女，丈夫外出务工后跑得没了影，而新欢老郑腿脚不便，这个来路不明的少年就成了最好帮工。

他是神秘，但林姐不在乎这些。

她只知道，季时秋生得俊，懂礼貌，听话又能干，一天下来的务农效率不知要比往年高出多少。

尤其在她偷偷跟他说过，帮她干活可以俭省吴虞的住宿费后，这孩子愈发卖力。

她看得出来，他喜欢吴虞。也会遗憾，吴虞要是她女儿就好了。

她一人住，开间民宿也是想热闹点，但绥秀地偏村小屋瓦破，不比皖南其他村，一年到头来不了几个游客。

她就想要个可以斗嘴的漂亮闺女，再有个包容她的，少说多做的踏实女婿。

那她该多幸福,这一生该多完满,就像这几天来天上的月,那么圆。

吴虞两天没出门,林姐觉得反常,瞧着门边剥玉米的季时秋:"小秋,吴虞她怎么了?"

季时秋说:"感冒,不舒服。"

林姐笑:"你们两个年轻人怎么一个接一个倒,我这个快五十岁的人,还壮得跟牛一样。"

季时秋因她的形容抿弯嘴角。

林姐双手在围裙上抹了抹,走近他:"你也别老一直跟着我干活,上去看看她。"

季时秋说:"她叫我没事做就下来帮你。"

林姐推他肩:"去去,上去,老在屋里憋着不通风病怎么好,下午叫她出来打桂花。"

季时秋颔首应好。

2

上楼回房,吴虞果然还赖在床上。

许是听见门响,侧躺的女人回过头来,瞥他一眼,又背过脸去。

季时秋走到床边:"你好点了吗?"

吴虞一副不愿搭理的样子:"没有。"

季时秋问:"头还疼?"

吴虞说:"嗯。"

她坐起来,又恹又冷清:"你上来干吗?"

季时秋说:"林姐喊你下楼打桂花。"

吴虞问:"在哪儿?"

季时秋回:"没问。"

吴虞说:"远了不去,不舒服,走不动。"

季时秋看她几秒,弯身拉开床头柜抽屉,翻找之前自己用过的水银体温计。

吴虞看出来了,问:"你找温度计?"

季时秋应:"嗯。"

吴虞说:"我还给林姐了。"

季时秋转身要离房,被吴虞叫停,她勾一勾手,斜挨在床边:"你给我量。"

季时秋一顿,从床尾绕到她身侧,俯身要用手背探她额头。

吴虞伸出一根手指,隔开他。

"用你的额头,给我测。"她幽静地看着他,轻佻但诱人。

季时秋沉默。

喉结滑动一下,他单手按住床板,另只手抬高她的脸,与她额头相抵。

呼吸交错,四目打结,他无心狎昵,很认真地贴了又贴,再三确认。

两人的温度几乎一致。

极近的距离里,女人忽如恶作剧得逞,吃吃笑起来,气息喷洒在他鼻头。

额离开额,但他的唇贴住她的,衔住她肆无忌惮的笑花儿,又渡回去。

吴虞的喘息迷乱起来,手臂勾缠住他,再不放开。

3...

季时秋猜到她装病,但他对此有自己的理解,吴虞本就是随心所欲的人,一秒一个主意并不意外。

至于他,负责兑现自己的承诺就好了,用每一个现在陪她冒险。其他的,他不敢想,或哄骗和宽解自己应该来得没那么快。

绥秀村挨家挨户都有桂花树,有金桂也有丹桂。

丹桂花色偏橘红,而金桂是柠檬黄,林姐屋后栽种的,是最常见的金桂,两株挨在一处,花粒攒聚在黛绿色的枝叶间,显得羞答答,但走近又觉花朵太大方,香气浓郁到不讲道理,蜜一般淌出来,不由分说地将每位树下人裹入浓金色的馥郁。

"上学那会儿最喜欢桂花。"吴虞双手插在裤兜里，仰头看花叶间那些若隐若现的光晕，"其他花，存在感都没这么强。"

林姐正往草泥地上铺闲置的床单，用于纳落花："桃花不是花？月季不是花？哪个花不比桂花显眼。"

吴虞并不赞同。

在她看来，没有花能如桂花般，未见花貌仅凭气味，就那么明晰和昭彰地告诉她，秋时已至。

林姐嫌吴虞碍事，叫她站旁边去，接而举高竹竿，教季时秋怎么敲花枝。

季时秋却摇头："不用，我以前在家弄过。"

吴虞说："小时候骑树上摇的吗？"

季时秋无语地看她一眼。

他不吭声，挽高袖口，接了竹竿专心挥打花枝。

桂花雨簌簌落下，很快往床单上敷了层淡金色的薄香雪。

林姐观看片刻，满意离去，她要去鸡舍喂饲料收鸡蛋，就让他们先敲着。

再回来，不想吴虞已大剌剌躺在床单上，惬意地眯着眼，任明媚的花屑与光点散了满身满脸。

而打花人跟没瞧见似的，自顾自打桂花。

林姐吃惊瞪眼，冲过来："起开，别把我花搞脏了。"

吴虞懒洋洋，唇翘高，岿然不动。

林姐没辙，就去看季时秋："你停你停，你看不见个大活人躺那儿？"

季时秋收了竿，撑着："让她躺着吧。"

林姐嚷嚷："给她躺过了我这花还能做糕吃吗？"说着伸手要跟季时秋拿回竹竿，季时秋避了避，不还她，她就佯怒叉腰："好啊，你们两个现在联合起来欺负我是吧。"

季时秋打商量："一分钟。"

少年笑着的脸让人不好拒绝，林姐只得嘴硬，剜一眼理直气壮横那的桂花睡美人："行行行，桂花钱就从你房钱里扣。"

说完就走，给他俩腾出空间。

目送她撩门帘回了屋，季时秋重新扬高竹竿。

4

中学时读《红楼梦》，总不能脑补湘云醉卧芍药裀，但桂树下的女人帮助他实现了某种跨越时空的通感和共联。

所以，他宁可惹恼林姐，也不希望这画面消逝得太快。

桂花味香得呛人，吴虞吸一下鼻子，从床单中央往旁边挪一挪，然后拍拍身侧空位："季时秋，过来。"

季时秋微愣。

见他无动静，吴虞语气急躁勒令了些："过来啊，躺下。"

还同他要来竹竿。

季时秋走近，长影罩在她身上："林姐会更生气吧。"

吴虞看着他逆光的脸，花枝在后头摇曳："你管她。"

季时秋照做了。

桂花雨的持竿人和创作者换成吴虞，而他成为坐享雨幕的人。

幼时季时秋淋过很多雨。被父亲拎到门外不给进家，他多次砸门无果，只能绝望地贴墙而立，仅用头顶那片逼仄的门檐遮蔽，雷暴近在眼前，天地都生烟，闪电随时能摧毁他，而屋内母亲凄厉的呼号和眼泪，都像是阴潮的雨季，遥遥无绝期。

风很轻柔，光里有花香。

它们都成了实体，是纯金色的箔片，是碎星星，轻盈地滴坠到他脸颊上。

这是他梦都不敢梦到的一种雨。有诗性的圣洁，能将他心头的霉斑与枯萍都荡涤开去。

季时秋舒适地阖上双眼。

看季时秋那么轻巧，吴虞低估了打桂花的难度，坐那举着细竿捅了会，她双臂微酸，于是放下来，揉按肩膀。

她回过头，发现男生枕着手臂，静卧在那里，似已入眠。

零碎的桂花围簇着他，有一粒刚好落于他鼻尖，有点滑稽，她俯身过去，想替他吹开它，想想又收住，不舍得吹开。

她觉得它该停在那里。

刚要躺回去一并晒太阳闻花香，一只手握住她上臂，将她拉拽下来，不由分说且紧密地拥在怀间。

从头至尾，季时秋都没有睁眼。

只要不睁开眼，梦就不会醒，金色的雨也不会停。

第十六片落叶 清冷的斜阳

夕阳西下,将他一半身子镀照成金红色,
他看起来那么明快,
那么鲜艳,又那么易碎,
将被黑夜吞噬。

1.

吴虞没有细数时间,但她手机里有个倒数日软件。

当初决意离家出走时,她就打定主意,如果一百天后,她没有被家人或警察找回去,她就永远离开虔州那个鬼地方,那个沼潭牢笼一样阴黑的家。

睡前她打开软件做减法,发觉今天已是她认识季时秋的第七天。

一周了,一股子滂沱的危机感浮上来,趁季时秋沉眠,吴虞再次打开收藏的那则微博通告。

最近两三天,季时秋在楼下忙活,她就会反复刷新类似消息,跟进警方的最新动态。

评论区增加的内容并不多。

网络就是这样,每轮热搜都像一次免费的音乐节,短暂狂欢过后作鸟兽散,徒留一地狼藉。

吴虞觉得自己就是那个捡垃圾的人。

她反反复复地待在"原地"进行地毯式搜查,已得不到任何有效消息。

吴虞陷入迷茫、纠结。

但有一点她很明确,她珍惜与他在一起的每一刻。

她掩饰得很好,没有让对方察觉她的心境变化。

她更没有撒谎,季时秋在她眼里就只是季时秋,无关其他。

吴虞是个不考量未来的人，游离，得过且过，半死不活，消极而暴烈；但幸运的是，她有资金有闲余，或许能延长厄运到来的时间。

她知道，他们相爱的日子不多了。

她相信季时秋可能也知道，但他没有泄露出一丝一毫，该吃吃该睡睡，像每一个认真生活或享受出游的人，在一个鲜有人知的世外桃源。

吴虞觉得他在等，等候长夜真正降临。

但她不能坐以待毙。

至于那柄达摩克利斯之剑，她不介意是否也会劈斩到自己脖颈上。

凡事都有代价。

为选择买单，这是宇宙的准则。

借着去小卖部添烟，她会购买适量的面包、杯面与饮用水，以此积少成多。

如此，尽可能与他多待一些时日。

2

黄毛见她近日来得频繁，还很新奇："美女，我还以为你回家了呢。"

吴虞说："没有。"

黄毛算着钱，调侃："是不是舍不得咱们这儿？心情不好，连烟瘾都变大了。"

吴虞用烟盒叩着桌子，没有否认："是有点。"

刚要叼着烟走出去，吴虞听见外头有动静，是两个中年男人的声音，嘀嘀咕咕商量着什么"这儿这儿""要不要再高点""我看对着外边吧，这样往来进出都能看见"。

吴虞聚神看，是两个村干部模样的人，一个谢顶，一个戴眼镜，都大腹便便，个子不高，围在小店门前不远处的电线杆后张贴东西，全程叨叨不停。

吴虞低头，护着火苗点烟，上前两步，想要看清他们到底在折腾什么。

吴虞没再往那走。

她脑袋一嗡，如坠冰窖。

即使看不清上边白底黑字的信息和照片，她也能一秒猜出内容。

毕竟她几乎能全文背诵。

她第一时间去观察店内柜台后的黄毛，幸而对方在聚精会神地打游戏，根本无暇八卦。

吴虞装模作样地玩手机，磕脚尖，烟灰坠落在屏幕上，她才意识到自己许久忘记吸。

余光等到那两人前后骑电瓶车走远，她四下探看，多次确认周遭无人无摄像头，她快步走去那根水泥灰的电线杆前。

上面大堆乌七八糟的"狗皮膏药"小广告，最瞩目最崭新的那张，就是季时秋的悬赏通告。

她不假思索地将它撕下来。

纸张刚用糨糊黏上去，尚未干透，所以来到吴虞手里时，也完好无损。

吴虞将它对折两道，揣入开衫兜里，然后疾步朝出村的大道走去。

她一直走，一直走，迎着午后凛冽的风，两旁是丰饶的稻田，要去哪儿，她不知道，她只知道必须走得越远越好，不可以让这张通告被更多村里人看见。

她又拐去狭长的田埂上，接着走。

她鞋底薄，脚底被砂石硌得痛起来，吴虞感觉到了，但她无法停歇，直到看到一大片灰绿的苇荡，它们包围着一方鱼塘。

塘边地湿，吴虞深一脚浅一脚地沿着土坡滑下去，适时刹停在岸边，没有让鞋头没入涌动的河水。

四野空无人烟。

吴虞还是警惕地蹲下身，以苇墙作掩。她取出那张通告，怕半干的糨糊胶结，她很小心地将它展平。

可能是天气不好，光线黯然，又或者换了个背景色，衬映得相片里的男孩更加苍白淡漠了。

他的脸上，除去先前的无畏，也变得有点无谓。

吴虞定定看了会儿。

她取出打火机，开盖，引燃纸张右上角。闪烁的猩红在扩张，火苗腾跃，快烧到男生照片边角时，吴虞突如梦醒，一下将它埋入脚畔的河水间。

本意是为销毁，但不知何故，她无法无动于衷地目睹他燃尽，她内心纠结、煎熬、痛苦难以抑制。

火瞬间熄灭，黑烟浮绕出来。

再将所剩无几的纸张拿出来时，里面的人像也湿透了。

纸质差得出奇，再经由水火两重天，稍微一动，就烂糟糟地黏在一块儿，眼睛不是眼睛，鼻子不是鼻子，再看不清原貌。

吴虞的双眼，在风里湿红起来。她深吸一下酸痛的鼻头，偏过脸，像凝固住，她纹丝不动。

良久，她将那片湿纸恶狠狠揉作一团，站起身来，用尽全力一掷，将它摔入塘中。

银色的水纹泛起顷刻涟漪，随即恢复如常。

3

按原路返村后，吴虞没忙着回旅社，而且去更远的地方走了圈，所有的商铺，所有的电线杆，所有目所能及的墙面，她都没有遗漏。

时近傍晚，各家各户都回屋炊煮，板砖路上只余清冷的斜阳，以及逗留的猫儿与野犬。

吴虞前所未有地绝望。

4

她回顾着这些天来跟季时秋走过的地方，见过的人。

一路上，风鸣、呼吸音、炒菜声、鹭鸟的振翅，都像是放大了无数倍，从四面八方挤压她的感官。

吴虞太阳穴隐痛。

最后，她在回家前删掉手机里唯一那张通告照片。

世界好像才真正安静了，也干净了。

林姐旅社的门虚掩着，不闻饭菜香。

吴虞顿时心神不宁，往里快走几步，却发现屋内空无一人，楼上楼下，都没有。

未名的恐慌像一种黑色的藤蔓从脚底疯长，将她整人裹缠住。吴虞近乎窒息地屋前屋后跑，也不见季时秋和林姐的踪迹。

她不敢问左邻右舍，怕露出端倪。

于是折回村子深处，不放过任意角落地找，民居不见人踪，她就扩大找寻范围，往更远的田地里去。

无数坏念在心头徘徊，胃都开始痉挛，她突地想起老郑，那个林姐的相好。

她问了个在门前就盐水花生下酒的老头，这位"曾教音乐的郑老师"住在哪里，万幸村子小，低头不见抬头见，有头有脸的人也就那几位，老郑算一个。

那老头很快指了方位，吴虞不作迟疑地跑过去。

果不其然，在老郑家的后田，她望见了季时秋和林姐的身影，男生正帮忙采摘红薯，夕阳西下，将他一半身子镀照成金红色，他看起来那么明快，那么鲜艳，又那么易碎，将被黑夜吞噬。

吴虞额角细筋溢出，直直迈向他。

季时秋也发现了她，他慢慢直起身子，刚要微笑冲她招手，女人已经随手抄起堆在田边的红薯，发狠地朝他砸过去，她一边走，一边骂，连扔许多个——

"你乱跑什么啊？"

"我让你跑了吗？"

"老实待着要你命啊？"

"你不想好过就别折磨我！"

……

季时秋本还莫名地抬手避两下，但她话一出口的下一秒，他鲜活的表情一瞬黯然。

季时秋没有再动。

最后那只红薯，因为距离近，硬生生打在他左脸上。力道大到他头都微微偏开，痛感蔓延开来，季时秋没有去捂，一动未动。

林姐傻站在不远处，不明所以，更反应不过来。

吴虞踩进泥地，穿过丛聚的薯叶，快走到季时秋跟前。她抬眼看他，唇瓣不可自制地发颤，她只能紧咬住。

男生的眼睛也剔亮地死盯着她。

它们在共振，与她嘴唇的频率一致。

吴虞想问他："疼吗？"

可她讲不出来，只注意到他颧骨的位置留下了一些泥点，在他干净的面孔上分外突兀。她抬手想抹掉，却怎么也擦不干净，反让污浊的范围愈来愈大，抚摩的动作变成急切地搓拭。

吴虞泪如急雨落下。她无措地拉高袖口，想换方式为他清理。

而季时秋，忽如苏醒过来，截停她的手腕，紧紧握住，将她拖离了暮色将至的红薯地。

第十七片落叶 温厚的曜石

她的双眼是最温厚的黑曜石,映照他,容纳他,也净化他。

1

这一天的到来,在季时秋预想之中。

下山以后他有了贪念,一直在自欺欺人,也深悉对他的审判早晚会砸下来,但吴虞出现在红薯地的那一刻,他才发现,原来惩罚来得比审判还要快。

他没有触碰到她一滴泪,浑身却像要灼尽了。

尤其是心脏,痛得难以言喻。

他大步流星地将她拉回旅社,避免她再在老郑家的后田久待,被林姐瞧出更多不对劲。

路上他眉心紧蹙,心绪翻涌,无法厘清思路。

他不想被吴虞误解,但也不想博取她的怜悯与留念。

进了卧房,季时秋立即关上门。他回过身,架住吴虞肩膀,迫使她冷静。

"我……"他刚要开口,女人已经吻上来。

她几乎是扑过来的,季时秋反应不及,后倚到门板上。

她勾缠着他脖子,像要吊在他身上。

季时秋的眼瞳浓郁起来。

也许是真正坦诚,又或许时日无几,两人的情绪都带着登顶的激昂和触底的疯狂。

吴虞很少会这样,没有谐谑,没有勾惹,一次次一遍遍,只入迷地叫喊一个人的名字,即使它本身虚假。

等到房内静谧下来，窗外月已上行。它已经变幻形态，呈椭圆，似一粒孤单生长的金煌杧。

季时秋安静地抱着吴虞，眯眼的样子像在打盹。

吴虞凝视了他一会儿，捏捏他鼻头，借此打开他眼帘。

她叫他："小秋。"

季时秋"嗯"了声。

她声音古怪了点，有了罕见的小女孩的尖娇，变得像个真正的热恋期女友："小——秋——"

季时秋笑了，哎了一声，他抚摸她的耳郭："你不想问我什么？"

吴虞说："我知道。"

季时秋唇角仍勾着："你知道什么？"

"我知道——"吴虞往他怀里偎了偎，找到更舒服的姿势，又抬眼盯住他，"你。"

之前为什么会觉得她的眼睛只是冰冷的镜头？这一刻的季时秋诘问自己。

初中时在班里，许多女生热衷聚在一起，讨论材质不知真假的晶石手串，并坚信它们各自拥有不同功效的能量磁场。

那会儿的季时秋不作声，并自以为是地认定和坐实同龄异性的迷信。

但现在，他信了。

吴虞的双眼是最温厚的黑曜石，映照他，容纳他，也净化他。

多日的跌宕得到平息。

他贪得无厌，想听她实实在在说出来："我？"

"嗯。"

"我什么样？"

吴虞看着他想了会儿："很帅，又很好。"

最质朴的字眼，换来最纯粹的反应。季时秋露出幅度颇大的笑容："这样吗……"

吴虞很肯定："嗯，就是这样。"

季时秋注视着她，笑着笑着，有点潸然。

2

她的不好奇，不追究，太珍贵，是无与伦比的慰藉。

被男生深挚的双眼看久了，吴虞也忍不住："我呢，你怎么看我？"

季时秋眨了眨，克制住鼻头的酸苦，还有点词穷："我不知道。"

他不知道。

"什么？"吴虞佯作不开心，捏拳抵一下他胸口，咬牙，"你不知道？"

他不知道，他只知道……

季时秋忽而扬眉，坐起来，拖来床尾的长裤，从口袋里取出一样东西。

因为折下来太久，又被压过，叶片已经软皱了，嫩茎也纠缠为一团，有点儿难解。

他坐那细致地整理起来，吴虞便也凑过去瞧。她发现他制作了一条红薯叶吊坠。

她小时候也在家做过。

母亲脾气古怪易怒，周遭没有同龄段的小女孩愿意跟她玩。

夏末秋至，她就自娱自乐地坐在红薯地边，摘下薯叶一段接一段均匀掰开，有脉络衔连，细长的青茎不易断，变成纯天然的珠串。

就像凤仙花汁能涂抹到指甲上做丹蔻，这些有光彩的植物几乎装点过每一个女孩的童年。

为确保不弄断它们，季时秋极尽耐心地将经络分离，终于——他舒口气，将两段完好的"耳坠"摊放在手心。

"你没有耳洞，"他看一眼吴虞耳垂，低头，"就是已经不太新鲜了。"

吴虞却飞快拈过去，将它们一左一右别挂于耳上，还孩子气地甩了甩，任叶片刮动腮颊。

她看不见自己，所以两边吊得不一般长。

季时秋看笑，替她整理一下。

"好看吗？"吴虞问。

季时秋目不转睛："好看。"

吴虞微眯起眼："你怎么知道这个可以做耳环项链的？"

季时秋愣了愣。

吴虞语调威胁："说，是不是还给别的女孩子做过？"

季时秋无辜："只给我妈妈做过，小的时候。"

他不知道怎么描述她的好。

他只知道，此生第二个让他下意识为之做番薯叶坠子的女孩，除了母亲，只有她。

也只能如此了。

季时秋面色微黯，他快速收住，但吴虞捕捉到了。

她靠过去，按压住他手背："季时秋，走吧……"

3

季时秋吃惊地看向她。

他唇角敛起一些，没有接话。

吴虞一向直截了当："我之前就在网上看过你的通告，今天去隔壁买烟，发现村里也贴了……"她避免自己陈述得过于残酷，适当留白，"所以……"

所以她才那么急。

等明天太阳升起来，在这个局促的小村子，会有更多人看到那张通告，林姐、老郑……所有见到过季时秋面孔的人……

吴虞不敢再往下想。

她能保证自己对他的爱不动摇，但情感与正义的秤杆在每个人心底都不一样。

不过没关系。她奋不顾身地倒向他，势必对他负责到底。

是她把他拉下了山崖。她就要给他更多机会与光阴感受山海和真情。

她自出生不受上帝眷顾，反正都要下地狱，不如一条道走到黑。

从小到大，堕落就是她的自救之道。

她不在乎，也无所谓。

季时秋是她第一个想救的人。如果不是这个秋天的偶遇，她一辈子也遇不上这样的人。

一定是有苦衷的，他优秀，赤忱，清洁无瑕，本该通往明灿的山巅。就因为那点风暴，命运的岔道才会将他送来她身边。

宿命若如此，她不愿看他沉沦。

时间紧迫，吴虞不再多思，套好衣服下床，她面色冷静地收拾起行李，并问："你当时没身份证，怎么从北边坐车来的？"

季时秋看着她忙碌的纤瘦的身影，眉头紧皱，眼底震荡。

吴虞见他不答话，回过头催促："傻坐着干吗，还不下床收拾东西？"

季时秋面色倏而舒展，下床帮起忙来，也回答她方才的疑问："离家之后，我走了很久，一直走到国道边，拦了辆私家车，问他可不可以载我一程。那位叔叔人很好，说只收我一半高速费。"

吴虞往行李袋里利索地揣东西："好，那就用一样的办法。"

季时秋看她："走这么匆忙，林姐不会觉得奇怪吗？"

吴虞定住，沉默片响："就说我爸病危，赶回家见他最后一面。"

季时秋忽然笑一下。

吴虞瞥他："笑什么？"

季时秋说："你编谎话的样子，挺……"

"挺什么？"

"挺可爱的。"

吴虞踢了他一脚。

季时秋没有躲，裤腿留下鞋印。

他问："去哪儿，想好了吗？"

吴虞如实说:"找个跟绥秀差不多偏僻也漂亮的地方,有山的,"她已经在构想未来,并重复,"一定要有山。"
　　季时秋为她勾一勾碎发,又梳理一下与发丝纠葛的红薯叶耳坠:"你不怕吗?"
　　吴虞看回去:"怕什么?"
　　季时秋说:"被抓了怎么办?"
　　吴虞略略耸肩:"那就被抓,监狱都好过我家。"
　　她有着一股与小巧外形截然不同的,信念感和安全感:"你可能不知道,我也是逃出来的,我们没区别。以后有我,你不用担心挨饿受冻,不用一个人在外面坐那么久,我们还能带上你妈看另一座山的日出。你可以比较看看,跟涟山上的,有什么不一样。"
　　她轻描淡写,季时秋的眼眶却微微湿润了。
　　"应该没什么不一样吧。"他说。
　　吴虞不认同:"怎么可能?"
　　山有高低错落,风光自是不同。
　　季时秋看着她:"但太阳只有这一个。"
　　吴虞怔愣,不再言语。

4

　　收拾得差不多了,吴虞打开手机瞄一眼,已经快八点。
　　绥秀山民日出而作日落而息,据她这些天来的观察,九点半至十点离开应该是最为稳妥的时段。
　　思及此,她不由长呼一口气,胸腔骤紧,她转头跟季时秋说:"我去洗个澡,然后你洗,洗完就走。"
　　季时秋颔首:"好。"
　　吴虞没有在莲蓬头下停太久,搓着湿漉的发尾出来,刚要督促季时秋接上,她目光顿住,动作戛止。

房内那些本已拾掇妥当的物件，全都被归置回原貌。而季时秋坐在床尾，沉默着，似在等她。

吴虞错愕地瞪向他。

男生搁于腿面上的双手慢慢曲握成拳。

"你在干什么？"吴虞一时无法消化和理解。

他一下起立，迎头走来，站定了，厚重的身影覆住她。

"吴虞。"他叫她的名字，"我想告诉你一件事。"

"你反悔了？"吴虞隐隐感觉到什么。

季时秋用力抿一下唇，侧过头，深吸气，最后再次目视她："你洗澡的时候，我用你的手机，给警察发了举报短信。"

第十八片落叶
打烊的乐园

他莞尔一笑，放开她，头也不回地走向属于他的收场，也走出终要打烊的乐园。

1

吴虞半晌未语。

她的大脑在滚沸后倏然冷却,最后雾化为虚无。呆怔片刻,她回过神,狠剜季时秋一眼,甩掉手里的毛巾。

她拨开面前这堵人墙,冲到书桌前,拿起手机,唯恐慢了地调出短信界面。

吴虞有频繁清理消息的习惯,此刻全白的短信列表与先前无异,却也空得像个彻骨的雪天。

短信无法撤回。

他怎么知道她手机密码的?

……

吴虞脑子乱糟糟的,心存侥幸地转头:"短信呢?"

季时秋立在不远处:"删了。"

她快步走回去,干架似的勒住他衣襟,逼视他:"你本事大了。你发了什么?"

季时秋视线凝在她脸上,很淡然:"没什么,只是用你的口吻,告诉通告上的警官我在这里。"

吴虞问:"你怎么会知道他们联系方式?"

季时秋:"搜一搜就知道了。"

吴虞紧绷的腰线垮下去。

是啊，关于他的追捕消息铺天盖地，稍有心留意，就能知晓一切。

为什么，吴虞想问为什么，喉咙像是被卡住，复杂的心绪有了实状，噎堵在那里，咳不出咽不下，令人泫然。

季时秋心生不忍，但无法即时安慰她，指针在倒数，他必须尽快按原计划安排好一切。

他走去电视机顶盒前，抬高了，从下方抽出一张书本大小的速写纸。

正面是下山后的那张画，背面密密麻麻写上了一些字。

他把它拿过来，递给吴虞，并有条不紊道："上面写了我们认识几天来发生的所有事，所有细节。"

吴虞愕然抬眼。

她没有接。

季时秋焦切到极点，口气不由冲了些："接啊。"

回给他的是一巴掌，力道极重，直接将他脸扇往一边。

"骗我，"吴虞面色幽凉，"现在还要我听你的？"

疼痛促使季时秋双眼潮红，但他无暇顾及，神态始终执着："你现在只能听我的。离这里最近的派出所，到这只有一小时车程。"

吴虞冷笑："这你都查过？"

季时秋没有反驳。

吴虞陌生地看着他，问："还有什么，你准备了多久？"

季时秋难以作答，这段光阴欢愉得让人忘记时间，也煎熬得度日如年。

他只记得，从吴虞有反常的迹象起，他就心意已决，并暗中策划这场冒险。

2

不是没想过自首，或许这是最好最有利的选择。

但按照吴虞要强的个性，她一定会被他牵扯许多年。

她值得春日般美好的人生，花团锦簇。而不是荒废在他这种飘零的、摇摇欲坠的人身上。

即使她愿意等，将来他能带给她俗世幸福的能力，也会大打折扣。

这比处决他死刑还让他无法接受。所以，比起许以遥遥无期且虚浮的善终。

他宁可从这一刻起就被记恨。

吴虞抗拒挣扎，对峙间，画中少年的脸被揉皱，炭笔的勾线也模糊了一些，无人察觉。

季时秋溢出绝望地嘶吼："拿着啊！"

吴虞被镇住，直愣愣盯着他。

她咬着牙，注视他许久。

纸页上，是几行非常俊秀工整的字。

吴虞从没见过这么好看的字迹，圆珠笔写的，深蓝的油墨，比她过去所有老师写的字都要好看。

内容也清晰干脆，似几则通俗易记的提纲。

3.

纸上记录了他们之间的来龙去脉，他只是季时秋，而吴虞对他的真实身份一无所知。

她也只是个离家出走的女孩，在这个村落，偶遇一个无家可归的少年。

他们结伴游山，略生情愫。

所有爱与痛，悲与喜，缱绻与磕碰，都没有被收录下来，杳无痕迹。

文字逐渐覆上雾气，吴虞忍了又忍，没有让泪滴砸落在纸页上。

季时秋问："看完了吗？"

她深呼吸："我不想看。"

季时秋坚持道："听我的。"

就在不久前,他说她可爱。

原来都事出有因,气涌上来,吴虞胸堵至极:"别想我听你的。"

季时秋的声音依旧温和:"以后,好好生活。"

吴虞的瞳孔赫然扩大,他怎么能……绝情固执到这种地步。

吴虞像被凿穿,彻底溃败,她仓皇地把纸回推给他:"我不要,别给我。"

而后回头,无头苍蝇似的在房内暴走,要把他装腔作势取出来的东西统统塞回行李袋。

季时秋追过去,把失措的她拉回来,紧紧看着她:"吴虞!看着我!"

吴虞逃避他锐亮的视线,他就控住她下巴,迫使自己回到她眼里,给她最后的力量:"已经这样了。"

吴虞心如死灰。

她脸上的肌肉不可抑制地抽搐,那表情哭也不是,笑也不是:"我想……起码……"

她轻微哽噎:"……起码,能看到乌桕树变红吧。"

季时秋眉间痛得一紧:"很多地方都可以看到,这种树到处都是。"

吴虞质问:"你跟我看到的那一棵呢?"她也不想这么咄咄逼人,"如果我今年就想看到呢?"

季时秋喉结微动:"照我说的做,你今年能看见。"

"你呢,到时你在哪儿?"吴虞凄冷而讥诮地笑了下,"我自己看有什么意义。这种树,我过去从来没注意过,只有你告诉我它的名字,告诉我它会变红,会变得像满树鲜花。既然不能带我看见,你凭什么要说出来。"

季时秋的双目,在她绚烂的描述里慢慢灰败和荒芜。

他挤出三个字:"对不起。"

他以为,上苍对他的罪罚是死亡,是漫长的禁锢,但没想过会是让他在最不堪的境况下遇见最想爱的女孩。

这比前两者要痛上千倍万倍。

而他又是如此无力和无奈，他能为她做的，只有让她全身而退；他能陪她实现的完美冒险，就是守护她的周全，给她最好的结局，然后与她彻底道别。

心如刀割，季时秋疼到说不出话。

吴虞也不出声，她在等，等他吐出一丝真心的示弱或不舍。那么她都会将它们奉为今后很长一段岁月的人生箴言。

她才二十四岁，最不缺的就是时间。

然而季时秋比她认识和想象的都更决绝："这些天我基本听你的。我求你，也听我一次。"

吴虞悲戚的眼神变得凶狠，语气阴冷："行。季时秋，你进去了，我不会等你。"

他仿佛松了口气，有泪要坠下，被他硬生生憋住。

他艰难地应："好。"

他拿起那张字迹一笔一画的画纸，再次交与她。

4

站在床边的女人，像被扒去了大半灵魂，神色木而僵。

听见水流的动静，她忽然跟活过来一般，攥紧双拳，快步走向同样的地方，撞上走出门的季时秋。

她开始玩命地狠殴他胸膛，就不看他，面色如血。

季时秋一动不动，也一眨不眨。

在她力气尽溃的瞬间，他把她扯来怀里，深切而短促的拥抱，用尽所有余力，像要与她灵肉交融，骨头嵌入骨头，血液渗透血液。

吴虞悲伤地呜咽。

他用拇指为她抹泪："不哭了，警察很快就会来。"

吴虞做不到，又不得不强迫自己做到。

季时秋再一次拥住她，这一次很轻，确认她鼻音趋缓，他伏贴在她耳边："不要来旁听，不要来看我，照顾好自己。"

　　没有等到吴虞应声，门板被叩响，是林姐的声音："吴虞？睡了吗？"

　　吴虞吞咽一下，扬声："没。"

　　林姐口吻随意："老郑送了螃蟹来，我给蒸了，你和小秋一起下来吃吗？放凉了发腥就不好吃了。"

　　林姐从未在这个点找过他们，吴虞猜到什么，眼眶再度泛红，唇瓣止不住地轻颤。

　　季时秋安抚地摸摸她脸颊，眼神提醒她应答。

　　吴虞尝试从喉咙里挤出个"好"，但她完全哑掉。

　　季时秋抬头，字正腔圆："知道了，马上来——"

　　话落，他低头看吴虞，双眼在她脸上胶黏几秒，他莞尔一笑，放开她，头也不回地走向属于他的收场，也走出终要打烊的乐园。

第十九片落叶
如约的秋天

我爱你,
我可以为你做任何事,
任何力所能及的事。
包括永别。

1.

入职鼎信律所的第三年,陈栖接到一桩比较特别的刑事案件。

因由法律援助机构发派,她没有轻视。从蕲州派出所调取到所有的案卷和影像材料后,她连夜翻阅整理,走访调查和取证,并提前跟看守所预约时间,与她的委托人进行第一次会面。

对方是一位年仅十九岁的少年,姓于,单名一个朗字。

她在材料里见过他的照片,惊讶于他不俗的长相。但更深入地了解后,她开始同情他的遭遇。

他出生于蕲州偏北一个叫芦河的小镇。

有个酗酒嗜赌的暴戾父亲,把对母亲的施暴当作家常便饭,据附近乡邻称,几乎每天能听到他父亲的殴打辱骂和母亲的哭喊,还有摔砸东西的动静。

他的母亲身体不好,有羊癫风,不定期发作,早年间她在厂子里上过几年班,后来因为意外,左手有两根手指被机床压断,残疾加癫痫,从此只能待在家里烧饭务农。

双亲不合与经济拮据的缘故,于朗从小过得不算幸福。

但他似乎一直坚信自己有创造或走向幸福的能力,潜心学习,十多岁起就在课余想方设法地找各种活计,聚少成多地攒钱。

几位同村长辈都亲切地叫他小朗,无一例外地夸——

"这小孩可好了。"

"勤劳懂事,看到我们就喊人。"

"作业做起来特别快，在学校就能写完，根本不用家里面边操心，反正忙的时候哦，放学回来没事了还主动帮我们干活。"

谁都想不到会发生这样的事，语气里皆是惋惜。

有个白发老头呷茶感慨道："他老子千不对万不对，也不该杀了他啊。"

"他难道不该死吗？"旁边沉默擦桌的女孩突然出声。

陈栖注意到她，询问她关于于朗的事。

她说她是于朗的初中同学，但没考上高中，所以辍学在家做杂活。

"于朗人很好。"她叫宋晓月，跟于朗做过半学期同桌。

"我有一次来月事，弄在椅子上，其他男生看到了都取笑我，把我椅子搬走，传来传去不给我。于朗就抢了回来，还去厕所打水替我把椅子擦干净。"说着说着，她红了眼眶。

"他很用功，一直是第一名，我们班主任特别喜欢他，经常在班里当众夸他，说他必成大器。"她也以为会是这样。

初中毕业后，他去县城读高中，宋晓月一直偷偷关注他，得知他高考成绩很不错，被苏省省会的医大录取，她打心眼里感到幸福。

因为初中时他就在作文里写过，他想从医。

大学开学一个月后，她在家里剥豆荚。门外妈妈跟人打招呼，听见"小朗"这两个字，她忙不迭跑出去。

男生看到她，也笑了笑，同她问好。

她问他怎么回来了？

他说快中秋了，学校里开运动会，他就提前回来了。

她又问他，金陵好玩吗？

他说，开学忙，还没怎么看，但大学周围已经很漂亮和繁华。

她心向往之，但也庆幸自己没有进城打工，留在镇子里。这样她能不定期地见到于朗，能从大人们口中得知他的学业，他未来的工作，未来的家庭，没准还能看到他的妻儿，做他顺遂美满一生的观众。

可惜世事难料。

那一日后，她再没见过于朗。

2

没两天,她惊闻他杀人逃逸的消息,很多警车驶来村里,在于朗家周围拉起警戒线,大家都跑去围观,人心惶惶,也不可置信。

起初坊间众说纷纭,传言他弑父弑母,宋晓月不信,她说把她刀架在她脖子上她都不会信,后来在饭桌上,父母再聊起这事,更新了说法,说是他爸爸喝多了,用酒瓶砸死他妈,又砸他,于朗一怒之下就用瓶子碎裂的缺口防卫,结果捅死父亲。还说走之前,于朗替他妈妈整理过遗容,把她抱放回床上,用毯子覆好。

如亲眼所见,他爸爸感同身受地拍筷子,喷唾沫:"谁敢这样对我老娘,换我我也这样!再说,不防卫,难道等着自己也被他爹砸死吗?"

妈妈动手拍他,叫他少说瞎话,而奶奶听得直笑。

至于更多细节,宋晓月无从得知。那会儿她只觉得,像她们这样置身事外的人可真轻松和幸运啊。

但陈栖知道,翻着快看烂的材料,以及里面毫无温度的白纸黑字,她抬头问桌对面的少年:"我看了你的陈述和讯问的监控录像,你说你母亲当时后脑勺挨了那一下后,倒下去抽搐了一会儿就不动了,你有尝试抢救过对吗?"

于朗"嗯"了声,面色冷清:"我给她做了心肺复苏,她心跳也没回来,还在失温,就想打120,但我爸觉得她死了,很害怕,一直拉扯我不让我打电话,摔了我手机,我当时没办法……"他的话戛然而止。

他用词偏专业,陈栖忍不住问了点题外话:"你在医大报考的什么专业?"

于朗看她一眼:"临床。"

陈栖问:"为什么不自首?"

于朗说:"我当时很绝望,一心想自杀。"

陈栖沉默几秒,问:"你一直很讨厌你父亲吧。"

于朗说:"不止讨厌,我恨他。"

陈栖说:"但你半夜走的时候穿的是他的衣服,为了反侦察?"

于朗说:"我没有胸口有口袋的衣服。"

陈栖不明白。

于朗解释:"我妈那张照片,我怕放在裤兜里会被压皱。"

陈栖忽地说不出话。

好一会儿,她接着问:"为什么会停在绥秀?"

于朗说:"车在路上走时,我远远看到一片高山。"

"山?"

"嗯。"

"为什么要去山上?"

"高考后的暑假,我去芜城一个工地打了两个月短工,赚取大学生活费,还打算带我妈去大医院检查身体,再去黄山看日出。工地的工作是我……"他顿了一下,"是我爸帮忙介绍的人,按日结算。第一个月我拿到了钱,第二个月因为去学校了。我爸从中作梗,负责人把钱转给了他。国庆前我提前回家,想趁小长假拿到钱,有足够的时间带我妈旅游和体检。他和我说钱没有了,全输掉了,因为这件事,我跟他起了争执,我妈帮我说话,才有了那个晚上的一切。"

于朗垂下眼睑:"自杀之前,我想完成没对我妈兑现的诺言。"

陈栖撑住嘴,良久没吱声。

她轻吸一口气,往下说:"所以你带着照片,去了绥秀村,决定上山看完日出后离开这个世界。"

"嗯。"

"后来呢,是什么让你改变了计划?"

于朗沉默了,先前他一直配合她,有问必答,不悲不怨,但此刻,他脸上浮现出陈栖从所未见的波动与迟滞。

陈栖说:"你得一五一十告诉我所有细节,所有真相,我才能尽我所能帮你。"

于朗缓慢开口:"我遇到了一个人。"

陈栖隐约猜到了:"举报你的那个女孩?"

于朗几不可闻地应一声。

陈栖登时心绪丛杂,不知是庆幸还是惋叹。

起码他活下来了,这比什么都强。

活下来就有希望。

她说:"她怎么知道你情况的?"

于朗说:"我不知道。"

"她开始没怀疑过你?"陈栖双手在桌上交叉,"因为你处境比较特殊少见。"

于朗还是答:"不知道。"又说,"她只是拉了我一把。"

陈栖定定看了他一会儿:"不打算自杀后,为什么也不投案自首?"

于朗没有回答。陈栖推断,他喜欢上了这个女孩。他渴盼跟她有更多时间,接受她的背叛,并毫无怨言。

至少陈栖看到的是这样。

3.

正式代理这宗弑父案的第一个月,陈栖意外接到女孩的电话,为询问案子进展,陈栖婉拒了。

之后见面她跟于朗提过一嘴,于朗说不必搭理,也不要透露更多。她便尊重自己的委托人,拉黑了女孩的号码。

但没想到对方那么不依不饶,半年算下来,竟已屏蔽过好几个来自赣省的手机号。

陈栖不解。既已主动报案,说明当初的她心底有对善恶的判断,现在再来做这些事,其实没有任何意义了。

怀揣着一腔热忱,以及对当事人的恻隐,陈栖也对此很上心,卯着股劲,起早摸黑地琢磨。

与法院就职的大学同学聊起来,对方也戏称:"大案啊,可以拿来当分析题了。"

她从心底里想帮助于朗,竭尽所学,收集一切有价值起作用的人证物证。

无奈她的委托人并不积极。

他好像已经认命，在等候上天的审判，而非法律的裁决。

一审前的最后一次会面，陈栖问他还有什么诉求。

他说："没有。"并微笑道，"陈律师，谢谢你。"

陈栖认真地为他辩护，坚称他属防卫过当。

判决很快下来，很客观，也很残酷，法院认定其行为构成故意杀人罪，但考虑情况特殊，判处于朗十年有期徒刑。

陈栖沉默地坐在被告席后，内心不可抑制的愤懑和悲凉。

人生能有几个十年，即使当中有减刑，如果没遭逢变故，几年过后，这个少年本应白衣翩翩地行走在某间公立三甲医院，施展抱负，救人于苦厄，免人于病痛，而不是自囚牢狱间。

可人间就是这样，有光鲜就有疮痂，有人扶摇直上，就有人跌落高崖。

胜者即正义。

之后发展如陈栖所料，于朗选择不再上诉。

结案后，她再没见过这个少年，但时常会想到他。

思来想去，记得最清晰的，也不过是一审前，他的唯一一次笑容和感谢。

4

得知季时秋判决后，吴虞连夜赶到皖省。初春和煦，一下午，她都枯坐在法院门口的台阶上。

这个城市车水马龙，对她来说却极其陌生。她没有身份，无人相交，也无去无从。之后，她找车去往绥秀。

载她的当地司机不甚理解，直言绥秀那破地方有什么好玩的。他以为她是独行的游客，热心推荐她其他人烟熙攘的古村落。

吴虞漫不经心地搭腔，打开车窗吸烟，眺望窗外翻涌的青白麦芒。

她回到村头的林姐旅社。才过去半年，绥秀并无大变化，改变的只有山色与时景。

　　林姐的鱼死光了，缸底被她浅铺了一层砂，养上花哨的巴西龟。

　　吴虞隔着玻璃逗弄那只憨头憨脑的乌龟。

　　忙完的女人从后院进来，被凭空出现的吴虞吓一大跳。她以为是做梦，双眼连眨许多下，随即浮出泪花来，快跑过来抱她。

　　吴虞也拥住林姐。

　　林姐叫她坐，从冰箱里取出罐封的桂花蜜，舀两勺出来，和着开水冲给吴虞，并坐下笑说："这里头的桂花还是你和——"她顿住，避而不提那个名字，"你在的时候打的，快尝尝，看看你身上味道洗没洗干净。"

　　吴虞淡笑着抿一口，甜丝丝的。她开门见山："林姐，你知道是我举报了他吗？"

　　林姐虽没上过什么学，但脑筋转得快："你们朝夕相处那么多天，你们两个我还不了解？"

　　"不论如何，事实就是我举报了他，对吗？"

　　林姐低头叹息："小秋他现在到底怎么样啊？"

　　吴虞说："十年。"

　　林姐难耐地抠手指，喃喃："怎么会这样……"

　　吴虞也想问，她还想问更多。

　　那一夜过得清晰又混沌，她像被掰分为两份，有一个自己在或推或拉地教导她走路讲话，应付警察，遵循季时秋的所有良苦用心；另一个自己则在叫嚣和怒骂。

　　吴虞头痛欲裂，细节几乎遗忘。

　　此刻它们抽丝剥茧地漫上来，吴虞问："他当时跟你借过手机吗？"

　　林姐几乎没有回忆："借过啊，还借过笔。我找了半天，才翻出一根圆珠笔，都不怎么下油了，他在那捣鼓了半天。"

　　林姐指了个墙角，说季时秋当时就坐在那里，搬张板凳，一有空，就躬身垫在上面写字。

　　吴虞循着看过去，那里空无一人，地上只有一小片胀眼的日光。

吴虞忽地鼻酸："他怎么跟你说的？"

林姐说："我说他这么好学呢，他说不是在学习。他不知道你什么时候走，想在走之前给你写封信。我还问他，是不是要给你写情书。他笑笑没答话。"

吴虞泪眼氤氲。

在绥秀住了一宿，吴虞返还家乡。

这一趟回去，妈妈发疯般暴跳如雷，说她又出去鬼混惹麻烦，说她怎么不干脆死在外面。

母女俩发生激烈的争执和斗殴，继父在旁边添油加醋，吴虞推翻家里超市的所有货架，往上淋浇食用油。

她周身颤动，打开打火机，威胁他们，放她走，不然她烧光这里，烧死所有人。

那一刻他们真正畏怕，她也如愿以偿得到自由。

在此之前，吴虞一直是镇上恶名昭著的问题少女，不学好，性子犟，孤僻乖张，除了不可否认的映丽面庞，众人提及都是摇头嫌厌。

念完中专后，她一直留在家里超市做收银。

她谈过很多段恋爱，都是短择，亦不上心，她认定所有男人与她的生父继父无异，都如蝗蛭般恶心，啃啮她本该健全的人生，吸食走她本应拥有的甜美的热血。

她还有个烂透的母亲，只爱弟弟，视她如草芥敝屣。

毕业后，妈妈无意得知继父对她心怀歹念，对女儿的恨意和妒忌日渐壮大。一边羞辱她是妖精，一边催促她赶紧找个能看得上她的人嫁掉，别再碍她的眼，家里还要多口人吃穿用度占地方。可等吴虞真正想走，他们又会把她抓回去禁足暴打。

5

搬去虞州市区后，吴虞寻了个地方租房。合租室友是位在银行就职的女孩，叫于丽雅，跟他一个姓，吴虞对她产生自然的好感。

室友的确不错，得知吴虞中专就读的专业同是金融，她建议她考专升本，然后尝试银行的招聘。

吴虞很感谢她。在此之前，她重获自由，但浑噩无航向，被困在那个悲恸的秋夜，难以安宁。但现在，她不再沉湎，敢于摸石头蹚河。

她畅想，等季时秋出狱，她应该已经有稳定的工作和收入，没准都已经买了房。

到那时，她不用别无他法地带着他东躲西藏，还能跟他一起把房子变成家。

于丽雅为人开朗大方，常领她出去玩，结识同事与朋友。

不缺异性询问她联系方式，她都摇头婉拒，也有跟于丽雅旁敲侧击的，于丽雅笑说："你别异想天开了，吴虞有个异地恋男友。"

奇怪的是，尽管每天住一起，隔壁间，她从没见吴虞跟男友通过话，那个男的也没来虔州看过她。

唯一有说服力的是，与吴虞同住的这两年，她每隔三四个月就会出省一趟，说要去找男友，她每次都高兴地走，然后灰心地回来。

于丽雅觉得对方一定是个人渣。

她不是没边界感的人，所以从不多问。情之一事，扫好自家门前雪，不必多拂旁人瓦上霜。

打听到季时秋在庐阳监狱服刑，吴虞便开始给他写信，每个月一封。每个季度，她都会起大早乘坐五小时动车，动身赶往皖省，不厌其烦。

第一次去，登记探监手续时，工作人员询问她是于朗的什么人，她说是他女友。

后来狱警走出来，纳闷："于朗说他没有女朋友，不见。"

吴虞猜到了，但她没有放弃，心存侥幸。

狱中生活多枯燥和寂寥，也能让人沉心思考。没准他会后悔呢，没准他也难以忍受孤独的折磨了呢，只要一次又一次地来，说不定哪一次他就肯见她了呢。

这一坚持就是三年，连监狱的人看到她都烦厌和费解，劝："姑娘，重找个好人恋爱算了,街上两条腿的男人多的是,你这么漂亮,何苦这么看不开呢。"

吴虞没有说话。

她只知道,她的心上烧蚀了一片叶形的空缺,时间不会愈合,外人无法填补。她就像在飞鸟尽灭万木衰朽的空谷边上呐喊三年,再无回响。

吴虞对季时秋的眷念与盼想开始变质。她变得恨他,怨他,寝食难安,又痛彻心扉地思念他,尤其一到秋日子夜,魇醒时分惊坐起身,连呼吸都直刺肺腑。

然而她低估了季时秋的狠心程度。最后一次去看他,工作人员公事公办地驱赶她。

吴虞双眼泛滥,挣扎着要冲进去,被人架拦在原处,她对着墙的那一边,歇斯底里地尖叫:"季时秋,你让我进去!我要见你,让我见你,你凭什么自己做决定?凭什么啊!"

他们都不知道季时秋是谁,监狱里根本没有叫这个名字的人,看她像看精神病,再不允许她入内。

刻骨的宣泄过后,万物终归死寂。

6

庐阳监狱回来的路上,吴虞心脏像被剜空,胃部剧痛,痛到无法正常走路。

"不要来旁听""不要来看我""照顾好自己",她脑中重复着季时秋临别前的那三句话。

原来,它们没有一句是假话、气话、抚慰她的空话,抑或情急之下不过脑地交代。它们都是真话,都会兑现,不给她一点盼头,一点希望。

他平静地走向自己的不幸,也自私地宣判她的命运——那就是,请将他从她今后的人生彻底抹除。

吴虞失魂地走了很久,走到皮鞋都磨痛脚跟。

她裹紧风衣，找到街角的长凳坐下。

干冷的风吹拂着，暮秋时节，树枝差不多干萎了，许多银杏叶在脚畔翻滚，恍惚间混成一片，金灿得如同日出。

吴虞低头看它们，透过去，仿佛能重现绥秀浓郁的山川与秋野，她相信了，也不再自毁和自厌，她真正被爱过，也许还被爱着，未来她能遇见或遗失更多爱，就如春起叶生，夏时叶荣，冬至叶眠。

只是，她的四季不会再有秋天。

7

又一年春，市中心公园在举办一场圣洁的草坪婚礼，新人并排立在台边，专心听司仪梳理流程，均笑意盎然。

谷雨过后，难有这样的好天气，天湛蓝得惊人。

白鸽扑棱着翅膀，贝母色的气球在半空攒簇浮动。随处见日光，亲朋言笑晏晏，孩童追逐欢闹。

化妆师过来给漂亮的新娘补妆，刚按压过半边脸，新娘朋友就挤上前来，双手递出包装精致的礼盒。

她伪作不快，翻白眼："不是说好三十五岁再结婚？你怎么提前四年就毁约。"

新娘翘高睫毛，瞟一眼新郎方向，温柔勾唇，原因不言而喻，而对方似乎时刻关注这里，应酬间歪过头来，回以浅笑。

友人见状，恶寒搓手臂。

两个女人嬉笑打趣一阵，友人忽想起什么，从手提袋里抽出一张信封，抬手示意身后："我刚从那边过来，有个男的拦住我，让我把这东西交给你，奇奇怪怪的。"又猜，"不过长得还挺帅的，是不是你什么暗恋者？"

新娘愣了愣，伸手接过。

一张空白信封，不带任何署名，也几乎没有重量。似心电感应，新娘的指尖无端轻抖。她拆开信封，看一眼，下唇随之战栗。

她将里面的东西倒入手心。那是一片乌桕树的叶子，应是被妥善收藏，边缘没半点破损，形态完好对称。它红得格外纯粹热烈，堪比油画里的花朵和火焰。

"就这啊，"友人扫兴喊声，"我还以为是什么呢。"

新娘痴怔地盯着叶片，片响惊觉抬头，视线四走。

友人见她面露异样，想要问个究竟，而新娘恍若未闻，拨开她，阶梯都不走，径直捧起白纱裙摆，跨上即将承载爱之誓词的高台。

偌大的草坪人影憧憧，却连一个身形样貌相似的存在都没有。

一个都没有。

他烙刻在她心底至深处，若非真正走出她世界，怎么又会如此难以寻见。

视野逐渐蒙蒙，如淋雨，致使呼吸都那么费力。

新郎大步走过来，握住她双肩，紧张道："怎么了吴虞，怎么哭了？"

"没什么，"新娘摇着头，轻轻拭去眼角的泪渍，哽咽，"就只是……突然觉得……很圆满，也很开心。"

新郎也热泪盈眶，含笑拥住她："我也很圆满很开心，不，我更圆满，也更开心。"

"为什么？"

"当然是爱你啊！"

我爱你，我可以为你做任何事，任何力所能及的事。

包括永别。

——上卷·正文 完

番外

1.

出狱后的第二个月，季时秋离开皖省，动身去往虔州。

七年不短，足够他在走出大门的那一瞬感到迷蒙和恍然。在此之前，他了解现今世界的渠道相当简单，只有新闻、书籍和狱警们的闲谈。

年纪偏长的狱警们对他印象皆不错，少年手脚麻利，少言寡语，对待任何劳务都格外认真。同寝的老大哥们也是，爱唤他一声"小朗"。

来接他的是小姨季小风。

季时秋对她的印象还停留在出事前的那个春节，鬈发女人已理短头发，还掺着几丝花白。

一见他，她眼里就涨上了泪，又不敢真正哭出来，她用指尖拭去，笑说："来来，小朗，上车。"

姨夫接过他几乎没有重量的行囊。

季时秋和他们颔首，唤人："小姨，姨夫。"

像是这几年都没说过话，他嗓音干哑，远不如过往清爽。

小姨别开脸去，吸一吸鼻子，勉力撑持着慈和的脸色："还这么客气干吗，这么多年苦了你了，孩子。"

季时秋摇摇头："没有。"

他们在庐阳住了两天。

小姨硬是要带他去体检，上午抽血和照B超，下午就能拿到化验单。

季时秋看着患者年纪后26岁这个数字，依旧有不真切感。

时间仿佛被生硬地掏空了一部分。他也是。

服刑期行尸走肉的记忆转瞬清空，但绥秀的秋风依旧弥漫，夹带着女人指尖略显苦辛的烟草味，她的嬉笑怒骂，她的愁肠与柔软，还有离别前她灼印在他心头的泪痕，都像无法息影的放映厅。

晨起夜深，他反复回看，才觉得自己一息尚存。

季时秋没有在芦河镇待太久，在小姨家佛龛前压下大部分在监狱苦攒的钱，他又去墓地道别母亲，只身去往赣省。

虔州是他对吴虞为数不多的知悉。

他知道她来看过他不少回，而他自私决然，避而不见。

她依旧是那副要强个性，无名无分，但不依不饶，强悍到她每一次到来，他的心脏都要钝痛好多天，痛到他每至夜深，都无法自控地悲泣。

"想家了？"隔壁床叔叔悄声问他。

季时秋猛烈摇头，摩擦着坚硬的枕头，说："没有。"

后来，她不来了。

他反倒松了口气。

他没有奢望，没有妄想。他宁可季时秋已在她心中溘然逝去，也不要留个名为于朗的罪孽深重的幽魂。

他已经是没有家的人，还怎么再给她完满的可能。

他切断所有希冀，但不由自主地想要得知她现下的人生。

所以他来到虔州，在这里租下简单廉价的房屋，一居室，住一人刚刚好，他在附近商超找了个收银工作，起早贪黑地上班，陷落在熙来攘往的人群。

这里是虔州市中心，人口密度最高，有偶遇她的一线可能。

每天他都戴着口罩，将帽檐压低，不敢分神地窥视每一个买单的人。

即使有时疲累到睁不动眼皮。

也许是上天垂怜，某日午后，他捉到一道耳熟的声线，像是绣在他灵魂至深处的，火焰一般明烈的声音，它常出现在他浅眠时分，美梦恶魔交缠。

季时秋愕然去找，看到隔壁队列后熟悉的面孔，只一眼，他飞速收回目光。

他惊惶、狂喜、悲愁流转，周身开始渗汗。

心突突跳，喉咙哽塞，他几度潸然，控制着，为客人扫价。

每滴一声，都半掩着他激颤着投向她的眼神。

她并不是孤身一人，穿白色高领毛衣，骨架跟软了似的伏在购物车把手横杆，回头与身边男人笑谈。

她变了，肤色仍玉质晶莹，容颜也如昨日，只是芒刺不在，似打磨过，变得收敛，也变得温润。但美好如初。

她身边的男人也很美好，面孔清秀而白净，应是在公职单位上班，周身正装还未褪下，但看向她的面色并不肃穆，相反充溢着柔软。

他们走在队伍里，而他视线躲闪，又亦步亦趋地紧跟。

他们停在他面前，背对着他。

男人为她逐个取出商品，倏而顿住，拿起一瓶饮品："诶？我们什么时候拿这个了吗？"

她笑着装傻："我也不记得，是它自己跑进来的吧？"

季时秋咬紧牙关。

那是冬季，年关将至。无法自制的妒意冲刷着心脏，剥蚀神思，又重又急，他在纱布后像重感冒那样，几次吸动鼻腔。

最后的最后，礁岩变得平滑，季时秋久违地感到温暖，似夕照下的，略为悲伤的温暖。

凌晨返家的路上，他步伐比往日轻越，瞥见一家尚未打烊的24小时便利店。

他走进去，回想着不久前偷看到的包装颜色，比照着，找到她爱喝的口味，跟收银员买了单。

之前他省吃俭用，也失了少年心气，很多年对零食货架都兴致寥寥，今日复刻昨日，果腹就行。

但今天，闭合许久的神经好像被撕开了一个透气的豁口，食欲在体内苏醒。

冲完凉，他剥掉塑封，拿出一瓶，插上短而窄的吸管。入口即是酸甜。

也许这三年，她已经戒掉伤身费神的坏习惯，从碾碎的烟草变为饱满的浆莓，复生在春光里。

他想象她也在喝一样的饮品，在一间敞亮干净的屋子里，灯光下她脸色明媚，和挚爱她的人插科打诨。

她变得爱笑，笑也只是笑，不夹杂任何负面的味道。

积存至此刻的眼泪，如滂沱雨水般落下，季时秋喝空那瓶饮料，按住脸，号啕大哭。

2.

大半年虚晃度过，季时秋攒了些钱，乘车去往绥秀。

经年已久，这个无人问津的村庄变得繁华了些，过往排布着砖瓦矮房，如今小楼鳞次栉比，道路浇抹上新水泥，也比那时宽阔通畅。

曾经醒目的林姐民宿招牌消失不见，但季时秋记忆犹新，在周遭徘徊，又拦人问路，最后才确认她于三年前闭店。

村里老人说她已经嫁人，跟了个过去当老师的鳏夫，去城里定居。

见年轻人呆滞，老头问："你找她做什么？"

季时秋回神，微抿出个笑："林姐照顾我一段时间，想来道谢。"

老头低头看他手里精致的礼盒与果篮："你们平日里不联系的？"

他又摇摇头，流露出自责："是我没上心。"

季时秋走向稻田，金浪翻滚，他有些无措，也有些落寞。

明明很好，他在意的人，都有了很好的以后，可为何他有一丝无从安放的伶仃之感？他义无反顾地走向自私，被自私惩罚是必然，岁月将他甩至身后，也是他拒绝任何等候与告慰的苦果。

他理应咽下，毫无怨悔。

此刻的沉甸与寡欢只会让他抱愧万分。

接受啊，季时秋。

祝福吧，季时秋。

他很快抹去眼角的湿润。

还好那棵树还生长在那里。他与吴虞曾见的那棵树，他告诉她叶红后，会变得像一丛花的乌桕树。

季时秋在田埂停下，遥望着树冠。

它似乎比那日更茂盛，好像真正繁花似锦，风吹过，叶片飒响，浓烈到烧人眼球。

他走至树下，屈身看荫翳里散落的叶子，有些被虫蛀过，有些被雨腐化，有些形态不够端正。

他挑选了很久，到圆日都坠入山头，才找到一瓣最漂亮满意的乌桕叶。

夜晚山间清寒，他好像小心地护着一抔易灭的火烛，将它带回下榻的民宿。

3

确定吴虞的婚期多亏节前的偶遇，他记下了男人购物帆布袋上的银行名称，并推测他与吴虞之中应有一人在那边工作。

后几日，他频繁在各个社媒逡巡，无头苍蝇般刷新定位在那处的所有用户，渴盼找到吴虞或她爱人的身影。

终于有天，他找到那个男人的账号。

他是个心性豁达喜爱分享的人，会记录美食与风景，偶尔有女友露面，文案里总爱意盈盈。

吴虞第一次出现在他账号是出游，她在观鱼，湖面碎光粼粼，柳绦摇曳，拂过她窄秀的剪影。

每日睡前或闲下，季时秋都会入魔般反复翻看，也将所有有关她的照片保存，归拢到唯一的手机相册集。

出狱后，他对周边世事都草草看淡，遑论留下片段。

所有照片构成他所祈盼的，她今后应有的人生。

如果他也在故事里，该多好。

不，他就在故事里，也很好。

男人账号更新并不频繁，早春某天，季时秋刷到关于吴虞的新内容。

他们的结婚证左右交叠在一起，上置卡地亚对戒。

那日是二月十四日，评论区有共友贺喜，询问是否已定下婚期。

男人兴奋告知时间和场地，在阳春三月，还让他们备好红包。

季时秋感觉自己又死了一回。心痛欲裂不亚于与她生离那晚。

她如约步向春日烂漫，而他的心结也应当松解。

只是那个秋夜结束得太猝然，以至于——贯穿迄今的扉页中还留有一隙空缺。

他曾许诺却未践行的花一样的树景，他应当让她看见。

季时秋抽出书里完好无损的叶拓。

婚礼当日，他焦灼不安地在场外盘桓，仿佛一个情窦初开要送情信的男孩。

他不敢久留，也不敢走近，看着白鸽飞舞，亲友络绎，视线却穿不透幢幢人影，找到他魂牵梦萦的身影。

在无数个最好的幻梦里，她也身覆过白纱，像个圣洁的精灵。

直到，望见曾在合影中出现的女人，他不再犹豫，大步向前，叫住她，将没有任何多余字眼与来处的信封交出去。

也许他出现得很莫名，样子也黯淡，女人奇怪地审视他："什么啊？"

"方便……"他有些羞怯，也有点难堪，为数不多的勇气支撑他哽咽启唇，"方便帮我交给新娘吗？"

她接过了。

他的心终于落定。

季时秋头也不回地走向松间小径，也远离喧嚣明快的人群。

泪变成了笑，灼痛也化为烟霞，弥散在绿融融的春景里，秋会归尘，春也会重启。

他不清楚她是否能收到这片乌桕树叶，但他如在场所有人，也比在场任何人，都更希望她一生无虞圆满。

——上卷·番外 完

下卷·在落日之前

晚霞将褪去，

早月像一枚淡淡的吻痕。

——简媜

Autumn with You

第一天 弹珠汽水

喝过弹珠汽水吗?
"咚"一声,玻璃球砸进去,整个瓶子里的透明液体活过来,滋滋作响,气泡大股上涌,一粒粒,汇聚成瓶子里的银河。

1

在落日之前，陈弦抵达江城。

她在高铁站下，打车时司机问了她几句，是方言，只能听懂五成，大意是要走高架。

她人生地不熟，只得随口答应。

但到达目的地后，她严重怀疑自己被宰，路途并不远，车费却高达四十块钱。

在门卫处登记好姓名与号码，陈弦进入小区。

这是位处江城市中心的一所独栋公寓，离江滩很近，出门便是地铁口。

楼内固定居民甚少，多被业主们用来当民宿。而陈弦挑选的房间在二十多层，有一整面落地窗，装修是时下流行的奶油风，简洁、明净又敞亮，租出去当影棚都够格。

四十摄氏度的天，拖着拉杆箱一路奔波，陈弦早已满头汗，走进电梯才感觉捡回半条命。

她从裤兜里抽出手机，按开瞄一眼，又塞回去。

这个时间点刚刚好。

上楼稍做修整，再拉开百叶帘，就能鸟瞰整个江滩的夕照景象。

"叮——"一声，电梯轿厢的动静打断陈弦的畅想。

她走出去，左右看看，然后跟着标识拐入走廊，她在心里重复默念叨着"二……二……零……三……"一边去找自己那间房，直到走到路的尽头。

陈弦停在门口，再次取出手机，翻找房东给她的密码。

本以为十秒后就能进屋开空调喘口气，不料在输入环节出了问题。

她抹了几次密码锁，都没反应，数字没亮过，面板黑乎乎，毫无动静。

手劲大一些，不行。

换个方式，还是一样的结果。

陈弦傻眼。

狭窄的长廊热得令人恼火，她给房东发语音，告知突发状况，语气并不愉快，好在房东还算负责，立刻回了电话。

房东态度客客气气："我早上去设置临时密码的时候还是好的，可能天太热，偶尔不灵光，你再试试。"

陈弦背靠门："我试了一百次了。"

房东不再给建议："我马上到。"

陈弦问："多久？"

房东说："现在晚高峰，我尽量在半小时内赶到。"

陈弦内心直呼"救命"，但也没别的办法，只能无奈地撂下一句："好吧。"

走廊安静下来，她又跟那个死了一样的密码锁杠了会，最终认命。

她重新绑了一遍头发，额角发丝已经湿漉漉地黏在皮肤上，她捋一把，露出来的整张脸又红又烫。

无聊地看了会微信，陈弦屏蔽掉几个聒噪的群，开始观察四下。

有两扇门紧挨着她，双侧包夹。2204寂静无声，而2202似乎住着人，音乐隐隐传出，听不真切。

陈弦坐到行李箱上，耐心值见底，再次给房东发消息，问他到哪儿了。房东很自觉地发来一个定位，回复：在努力。

配了一张哭笑不得的图片。

陈弦打开看了看，又去导航确认，那小段路是红色的，意味着严重堵塞。

陈弦忍住了讲脏话的欲望。

汗珠沿着她脸颊往下滴沥，她摘下背包，翻找小包纸巾，就在这时，面朝的 2202 忽然有响动，门随即被从内打开。

仿佛揭开罐头。

原先辨认不清的音乐声变大了，也变得清晰，从里面肆无忌惮地淌出来，漫过走廊。

门里的人怔住了，门外的人也怔住了。

陈弦的面前，站着一个很高的男生，穿 oversize（休闲、宽松的潮流风格）的白色 T 恤，全黑的短裤同样宽大及膝，但并未因此遮掩住他瘦长的身形。

他脸上棱角分明，浓密的眉毛隐在刘海里，微微压眼，显得有点乖巧，又有点锋利。

他的手握在门把上，许久没放，大概是没想到门口杵着个大活人，一时间反应不过来。

陈弦攥住纸巾，立即起身，拽着箱子给人挪位。

她觉得自己多少有些狼狈，还是在帅哥面前如此狼狈。

她停在一边，看看他，示意此处可通行。

路过她时，男生礼貌地颔了颔首，她也点点头。

他们都没有说话。

待他身影消隐，陈弦迅速擦汗，整理头发。她猜自己的妆容早已被汗浸花。

几分钟后，有电梯响，陈弦忙正起腰背，用余光追随那男生回归。他单手拎着一只纸袋，应当是外卖，这间小区管理偏严，外卖不允许上楼，门卫特意交代过。

他又看她一眼，她也看他一眼。

约是猜出缘由，这一次他停下脚步，询问："需要帮忙吗？"

他不是这里人，不带当地口音，语气有些微迟疑和拘谨。

陈弦顿一下，摇摇头："啊，不用。"

男生不多言，往里走，但没有关门，相反，他完全将门敞开了。凉气窜出来，仿佛在门口布下一小片荫翳。

陈弦心领神会，同时意外地往里看了看，男生刚洗完手，从卫生间出来，再度出现在她有限的视野。

她稍稍扬声："其实你不用开着门……"

他停住，眼睛斜过来："天太热了。"

陈弦不再吭声，两秒，她说："谢谢。"

他关掉蓝牙音箱，从纸袋里取出一听可乐，单手拉开易拉环，喝一口，问她："你刚到江城吗？"

陈弦："嗯。"她说，"可能江城不怎么欢迎我，首先密码锁就跟我过不去。"

男生笑了。

弹珠汽水——陈弦脑袋里旋即闪过这个形容。

喝过弹珠汽水吗？

"咚"一声，玻璃球砸进去，整个瓶子里的透明液体活过来，滋滋作响，气泡大股上涌，一粒粒，汇聚成瓶子里的银河。

他的笑就是这种感觉，一种很有冲击力的清凉和清亮。

"联系过房东了吧？"他正色问话。

陈弦晃晃手机："对，堵车，过会儿应该就到了。"

安静少顷。

不知为何，有些尴尬，可冷着似乎又不像话，陈弦在心底抓耳挠腮，硬找话题："你也是来江城玩的吗？"

男生回："嗯，我上周来的。"

她又问："这边住得怎么样？"

男生说："环境不错，就是半夜总有救护车和机车经过。我睡眠质量不是很好。"

他们隔着段距离，所以都不自觉提高音量。

屋内的光影在变化。陈弦注意到桌边的橘红色块由浓转淡："太阳是不是要落山了？"

男生扬眸，远看一眼："嗯，快七点了。"

陈弦问："这个位置真的可以看到整个江滩吗？"

男生起身:"我去确认一下。"

陈弦惊奇:"你居然不知道?"

男生说:"天气太热,我来之后没打开过窗帘。"

陈弦露出"暴殄天物"的表情。

他跟着露出不解的微笑:"为什么这么看我?"

陈弦没说什么,只惋惜道:"我以为能赶上今天的江滩落日。"

男生走出她的可视范围:"明天也可以吧。"

有拉窗声传来,陈弦不以为然:"但那是明天的。"

门内没了声音。

也是这时,陈弦的手机振起来,来电为本地号码,伴随着姗姗来迟的房东救星。

他还带了位修理师傅,很快锁定密码锁失效的原因,更换电池,连声抱歉。

陈弦没有计较。

再遗憾,再怨怼,也追不回那轮落日,出逃计划的第一项已经无法落实,她不想再给自己找更多不痛快,于人于己。

门顺利打开,陈弦不忙着进,探头找人,想要再次道谢。

男生留意到,走过来,只说没什么。

陈弦说:"那我先进去了。"

男生叫住她,眉心蹙了蹙,似在局促,片晌问:"方便加个微信吗?"

陈弦站住。

"嗯,好啊。"

陈弦感觉自己的心跳快了一点,故作大方点头同意。

他们相互交换了微信。

民宿门的位置正对落地窗,一进房间,此刻天色便扑面而来,是渐变的浅蓝紫,混着点胭脂粉,即使晚了一步,天空还是善意地留有余温。

开空调是头等大事,冲澡排第二。

等收拾完行李,陈弦终于有空瘫在沙发上查看微信消息,一个陌生的头像跃居最上。

她眨了眨眼，后觉这是隔壁那位友善的男生。打开来后，她愣住了，里面有张照片，她将它放大。

陈弦半晌不动，鸡皮疙瘩瞬起。

照片里面的，是沐着斜阳的江滩和楼宇，画面符合她之前的全部幻想：钢铁森林之上，有橘子海，玫瑰色悬日嵌于其中，美好得难以言喻。

他还留了一句话：你错过的落日，我给你拍了一张。

2.

陈弦将这张照片存进手机。

她的手机里有个单独创建的相册叫 real life（现实生活），会保存一些自己的摄影作品，或者网上看到的图，包括文字截屏，有影评、微博、读到的电子书里的片段。

没有分门别类，而是乱七八糟地塞放在一个"抽屉"里，想不开时就把自己关进去，乘坐时光机，回顾过往。

她记录它们也只有一个原因，那就是"当下的共鸣"。

能让她生活下去的动力就是保持共鸣，跟自己的，跟别人的，这很要紧。

陈弦给 2202 回了句：谢谢，又说：如果你有需要帮忙的地方，欢迎找我。

她还不清楚他姓名，只能暂时拿房号作称谓。

当然，他有微信名，他叫 Waves。

半刻钟后，男生回了消息：暂时没有。

但过了会儿，他改口道：好像有一个。

陈弦看了眼消息间隔时长，开起玩笑：你的暂时是指两分钟吗？

他不否认：也许吧。

陈弦笑了，将抱枕拽来身前，当手机支架：所以，是什么忙？

男生发来一张截图，打开来看，是一间茶饮的小程序界面，接着，他说明来意：它家两杯才送。

陈弦说：你看起来是可以一次喝两杯的。

2202似乎沉默了。

陈弦解释：我是指……你很高很瘦，两杯的热量对你来说无伤大雅。

2202对此有不同见解：一次性拥有两杯的话，喝起来会不会就变得不一样，因为知道还有第二杯。

所谓心态影响口感？有限才更珍贵？陈弦很少从这个角度考虑问题。她几乎是立即被说服：现在喝吗？

男生回：明天也行。

陈弦扫了眼桌上那瓶即将告罄的纯净水：就现在吧。

她用涂鸦笔圈出截图里某个名字看起来相对顺眼的品，发回去：我要这个。并提议：去门店其实就能解决这个问题。

男生回：我比较宅。

陈弦有些吃惊，他长得完全不"宅男"，她好奇：你的旅游是从一个地方换到另一个地方宅吗？

男生：对。

你呢？他问。

陈弦说：我列了出逃清单。

男生：出逃清单？

陈弦：其实是毕业旅行。我第一次一个人出来，比以往更自由，所以也把它叫作"出逃清单"。你看过《遗愿清单》吗？

男生：电影吗？两个老头那部？

陈弦：对，天知道下次再跑出来是什么时候，如果把每次出行都当作死之前的最后一次，就会想要完成更多。

他似乎懂了：看来今天的江滩落日是第一项。

陈弦莞尔：嗯，托你的福，打八折实现了。

男生说：我以为会打对折。

陈弦说：哪有，你拍的照片很漂亮，有加滤镜吗？

男生说：没有，原图。

陈弦没缘由地欢呼雀跃：耶，现在是九折了。

……

2202切出去点单的时候，两人的聊天停了下来，陈弦去敷了张面膜，闭目养神，几欲昏睡，直至门被叩响。

陈弦惊醒，忙趿上凉拖，往玄关走去。

与此同时，微信里的消息如约而至，对方自报身份：是我。

门打开后，外面站着的正是2202房的那个男生，他应该也洗过澡了，换了件深色系的T恤，从弹珠汽水变成可口可乐，但绝对不是零糖的可口可乐，因为他微微笑着。

包装袋是密封状态，被他交了过来。

陈弦接过去，低头透过缝隙看里面："你还没拿自己的吗？"

2202说："没有，你先吧。"

陈弦将保温袋放上玄关柜，取出两杯茶饮和一份奶油，分别查看上面的标签和品名，并准备将不属于自己的那杯放回。

男生出声阻止："直接给我吧，袋子你拿着，方便装垃圾。"

陈弦手一停，转头看他："哇！你真的……"

男生动动眉梢，不理解："怎么了？"

陈弦不假思索："你家教一定很好。"

"啊？"他的表情更生动了。

于是，那盒被提前拿出来的分装奶油，偕同那杯茶饮，去到了男生手里。

他道声谢，就离开了。

把奶油往纸杯里挖的时候，陈弦分神了，她在想：隔壁的男孩子，是不是已经喝上那杯茶，是他期待的味道吗？

坐在桌边一口气干掉半杯后，陈弦将桌脚的袋子拎起来，翻看小票，打算将自己这杯原价转回，同一时刻，她有了意外收获，小票上有2202的姓氏：孟先生。

她忽然很想知道他的名字。

她把小票拍下来,打开微信,发图红包一条龙,最后问:冒昧问一下你的全名。

2202回:孟顿。

陈弦微微一愣:这个字有些生僻。

一条仅一秒的语音传送过来:"顿dí,孟顿。"

这条语音被陈弦听了三遍,不是因为它不清晰,而是它太清晰,咬字那么干脆,不掺杂质,二声的转音又很柔和。

陈弦也适时地自我介绍:我叫陈弦,很高兴认识你。

2202……不,孟顿回:我也是。

没有赶上落日的坏情绪烟消云散。

陈弦发自内心感叹:我现在觉得江城欢迎我了。

孟顿问:明天打算做什么?

陈弦反应过来,看看时间,快十点了,她忙说:我该睡了。

孟顿:这么早?

陈弦回:我清单的第二项,东湖日出。第三项:江城过早。都要早起。

聊天里悄声片刻。

孟顿问:能带上我吗?

陈弦顿住。

对方可能觉得冒进,忙说:拒绝也没关系。

陈弦不想也懒得给自己更多权衡间隙,只凭目前仅有的了解提出一些或许会发生的"不可抗力":我怕你起不来。

她补充说明:你不是睡眠不太好?而且刚刚还喝了茶。

孟顿平静地指出:你也喝了。

陈弦:我对咖啡因天生免疫。

孟顿:我可以不睡。

陈弦笑了下:那倒不用吧。

孟顿又发来那张落日图:今天拉开窗帘时,突然觉得每时每刻都闷在屋子里好像也没什么意思。

陈弦不再多虑,爽快道:那走吧,四点就要起床哦。

孟顿:闹铃已就位。

陈弦:夏季日出很早,如果你起不来,我可没办法等你。

孟顿:嗯。

互道晚安后,不知隔壁睡不睡得着,但陈弦有些难眠。

抱着被子辗转反侧之余,她翻阅了一遍跟孟顿的聊天记录,不禁抿唇而笑,际遇多奇妙,她的出逃清单居然就这样多出一个人共享。

她查了查"顿"的意思,出乎意料的简单,就两个字:美好。

那么,两个人的出逃叫什么呢,网页给她的回答,也是两个字:私奔。

第二天 太阳是解药

水天愈发浓烈，橙，橘红，火红，直到圆日从远山间探头，慢慢升高，倒影被水纹拉长。
但真实的它，颜色纯净，边缘清晰，仿佛一粒高浓度的解药，被大气和云层稀释，流向世间，愈疗万物。

1 . . .

从民宿到凌波门，有半小时车程，时间紧迫，陈弦一切从简，化妆也只用口红和粉底。

将纸巾小风扇之类的东西塞进包里后，她打开微信，看到孟顿刚给她发来消息，问她：好了吗？

陈弦立刻回过去两个字：出来。

两人几乎同时出门，准点会合，又同时锁门。

"昨晚睡着了吗？"陈弦挎上小包。

孟顿未答，只问她："你呢。"

陈弦："还不错。"

她注意到男生全身上下空无一物："你什么都没带吗？"

孟顿摸摸裤袋位置："带了手机。"

陈弦说："你们男生都这样子吗？出门只带手机，我一个师兄也是。"

孟顿说："还带了眼睛。"

他说这话时，正视着她，眨了两下双眼，长而密的睫毛让这个微表情的存在感变得格外强烈，陈弦不禁多看了看。

孟顿的脸很细腻。

也可能是站不太近的缘故，而且他眼仁乌黑，鹿眼，像小孩的那种眼睛，带着细微的稚气与童真。

尽管他高大，看起来与自己年龄相仿。

陈弦提醒："到时候出汗了可别跟我借纸巾。"

孟顿明显呆滞了一下："好。"

"那走？"

"嗯。"

不再废话，两人一同下楼。

这个点太早了，廊道里静悄悄的，体感温度也还算舒服，但一出楼道就跟误入预热的烤箱似的，闷热得不行。

到小区门口时，孟顿取出手机，主动说："我来打车。"

陈弦马上阻拦："我刚在电梯里叫过了。"

此时天色微明，路上车来车往。

女生用手背蹭了下汗湿的额角："今年夏天特别热。"

孟顿说："嗯。"

陈弦拧拧眉："我还看到新闻说，以后会越来越热。"

孟顿说："是吗？"

陈弦："嗯。"继而自暴自弃语气，"毁灭吧人类。"

孟顿唇角勾弧："车还多久到？"

陈弦说："我打的顺风车，还有 4 分钟。"

孟顿回头看一眼："我去买两瓶水。"

小区门口刚好有家 24 小时便利店，陈弦目送他一来一回，手里多了两瓶水。

孟顿问她要哪个牌子的水，陈弦接过红色包装的，拧盖喝了一口，孟顿也喝了一口，他们动作几乎是同步的。

陈弦说："其实我想到了，但……"她拎起身上那只，只能放些零散小物的迷你包，"我是想到景点再买。"

孟顿说："我可以帮你拿着。"

陈弦憋不住了，从刚刚她就想问了："所以买了两瓶不一样的？"

孟顿："嗯。"

陈弦问："现实中肯定有很多人说你是个周到的人吧。"

孟顿回:"你是第一个。"

陈弦惊讶地扬眉,张口想多问两句,但白色的丰田已经在他们身处的路口刹停,一被打岔,她也忘了要说什么,只得举起手机对照牌号,叫孟顿上车。

她没有让孟顿帮她拿那瓶水。因为她四肢健全,脑子也没病。

2

时值暑假,前来观赏日出的游人不在少数。

下车走往栈桥时,远方的天空已化开,呈玫粉,延绵出大片的桃林幻境。

陈弦不由加快步伐,眼前的画面让人情不自禁地追逐,唯恐错过和怠慢。

走过一些置身事外的钓鱼佬,一些架着"长炮筒"的发烧友,一些高笑低语或坐或立的游客,一些摆姿势拍照的年轻靓丽女孩子,陈弦终于找到了合适的位置。

她几乎这时才想起孟顿,猛回过头。

他就在她身后。

"我差点忘了你。"她露出抱歉之色。

孟顿笑:"看出来了。"

陈弦说:"我刚才好像中邪了,满脑子都是我要赶紧到日出里去。"

她低头看近在咫尺的水面。

烟粉的湖水一荡一荡,似上好的丝缎,顺滑、柔软,让人想要一头栽进去。

"我能理解那些跳湖的人了。"她奇特的夸赞令孟顿侧目。

她接着说:"东湖现在就像张流动的,很舒服的床。"而她就在中心。

孟顿说:"床品还很漂亮。"

陈弦开心地扬声:"对啊。"他 get(理解、领悟)到了。

太阳升起来的时候，那种自绝妄想就消散了。

水天愈发浓烈，橙，橘红，火红，直到圆日从远山间探头，慢慢升高，倒影被水纹拉长。

但真实的它，颜色纯净，边缘清晰，仿佛一粒高浓度的解药，被大气和云层稀释，流向世间，愈疗万物。

自然的馈赠从不吝惜，美丽又公平。唯一的副作用：心动过速，泪腺失控。

陈弦轻拭湿润的眼角，用手机拍了几张 live（实况照片），再回头，却发现孟颉站在别处，与她错开了两三人，但他看着这边。

陈弦伸手挥了挥。

孟颉打算走过去，但女生又说："我过去吧。"所以他止了步。

来到他身侧时，她起疑："你这里看日出的角度是不是更好？"

孟颉说："好像是。"

"怎么不叫上我？"陈弦目眺远方，判断，"其实也没差……"

孟颉说："不同视角有不同的美，没有谁亏不亏。"

3

栈桥上人声渐退，只有钓鱼佬们岿然不动，如同檐廊上零星的雀。

陈弦说："我们去吃早餐吧。"

低头解锁手机时，孟颉自然地接走了她那瓶水，方便她双手操作。

陈弦找到她一早就物色好的早茶铺子，指给他看："这里OK吗？"

孟颉说："都看你。"

一切都在按计划推进，有序且顺利。

陈弦见识到了"碳水爆炸"的过早，江城的豆皮不是她理解范畴中的豆皮，是"夹着烧卖馅儿"的豆皮，而江城的烧卖也不是她理解范畴中的烧卖，是油饼包烧卖。

这座城市的热量体现在方方面面，从气候到果腹之物。

店子里的食客一波接一波，就没见有桌椅闲着，哪怕是小分量外带的，老板的招呼都是不变的热忱。

陈弦饱得实在吃不下，跟孟頔分食了同一碗热干面。

男生从筷筒里取出另一双筷子作为"公筷"时，她突然意识到，这种"细致"和"分寸"也许是他性情之中的本能。

二者囊括着另一种更现实点的说法：疏离。

她同时也意识到，日出最辉煌时分，她为什么会突然回头寻找孟頔。因为她身旁有一对情侣抱在了一起。

她需要自在，也需要分享；

她需要独处，也需要亲密。

一旦开启某段关系，就会带来关系附加的期望。

在那个重要的节点，她希望孟頔能在她身畔，可他们终究认识一天都不到。

回民宿路上，陈弦一言不发地看着窗外车流，她没有细想这件事，转移注意力，进而有了新发现。

"你有注意到吗？江城好多出租车都长得像警车，蓝白配色，车顶的灯是红蓝的。"她说。

身后无人应答。

陈弦掉头，发觉孟頔已经歪着脑袋睡着了，刘海柔软地遮住了他上睑，他睡得很香，那两瓶水，被他虚拢在怀里，仿佛在呵护两只年幼的动物。

她在一瞬间释然了。

为了被"带上"，他也竭尽所能了，不是吗？

4

如陈弦所料，孟頔一直睡到终点，司机回过头提醒"到了"，男生才迷糊地醒过来，继而流露出歉意。

下车后，她不给面子地拆穿他："你昨晚没睡吧。"

他承认了："嗯，我没睡。"

陈弦问："习惯性熬夜？"

孟顿说："准确说，失眠问题一直困扰着我。"

陈弦问："看过医生吗？"

孟顿说："看过，在吃药，但昨晚没有。"

陈弦说："我考研的时候经常失眠，吃过一段时间佐匹什么的……"

"佐匹克隆片。"他精通得如同药理师。

烈日当头，堪比淋滚水，两人你一句我一句，步子都不自觉加快。

逃入楼道后，陈弦打开手持风扇，给自己吹了几秒，见孟顿鬓角被汗渍湿，又将风扇靠过去，对准他。

她的动作让他避了一下。

陈弦吃惊瞪眼："哎，我掏出来的又不是枪。"

"抱歉。"孟顿反应过来。

陈弦无语地别开眼，让凉风回到脸上，吹散她刘海。

"陈弦。"他试探地叫她名字。

"陈弦。"他又叫了她一声，从"试探"变成"补救"。

陈弦将风量提到最强，呼呼的，鼓噪耳膜。

"陈弦。"

"补救"又变成"央求"。

陈弦吃软不吃硬，暗叹一声，回过脸来："我不是……"她担心词不达意，"其实你不用勉强自己。有时人做决定来自冲动。不一定非得是真心，也不一定非要兑现。人际关系舒适至上。"

至少她是这么认为的。

从小到大，她的父母承诺她许多，她的姐妹承诺她许多，她的前男友也承诺她许多，但大家不是每一条都说到做到。

讲着话，电梯停在一楼，她走进去，孟顿也跟了进来，轿厢内壁是一面反光墙，陈弦看着里面的孟顿，他一直在垂眸观察她。

陈弦用鲨鱼夹重新别了下头发，这时他不再看她，目光去到别处。

她勾唇笑一下，阐明态度："我没有生气。"

孟頔说："但因为我的原因，你不太高兴了，对吗？"

陈弦没有否认："对。"

这个字被她咬得有些重，她的确有情绪，换谁都会有吧。

她继续陈述："主动说要参与的是你，可戒备心很重的也是你。"她晃了下风扇，"我只是看你也有些热。"

"我的问题。"孟頔说。

"好啦，其实没什么。"

陈弦不想表现得很计较，尽管那一刻，她有一丝受挫。

孟頔问："这样行吗？"男生蓦地将脑袋倾靠过来，很近，近在眼前。

陈弦差点要后退一步，她突然明白了他刚刚的闪避。

他发誓般说道："再躲我是狗。"

陈弦哭笑不得。

他确实很"狗"，比起想要被吹风，这个姿势更像是想要被摸头好吗。他蓬松的黑发怎么出了汗也有似有若无的香气。

最后她笑了出来，因为他笨拙真诚的示好，她露出珍贝样的上排牙："起来。"

算她求他。

孟頔直起上身。

陈弦心有余悸："你刚刚吓我一跳。"

孟頔再次致歉："我在想要怎么补救才能证明我是真心的。"

陈弦说："建议你回去睡个好觉，然后晚上继续加入我的行动。我想去江滩夜骑，那边好像可以租车。"

孟頔："好。"

5

各回各家后,陈弦将挎包挂上衣架,又将自己抛回沙发,心突突跳着,孟颉好可爱,完蛋了,她觉得孟颉好可爱,什么形容词都无关紧要,美丽、帅气、善良、大方,那都是标识,五彩斑斓地贴在对方身上。

觉得可爱是真完蛋了,因为可爱不具体,透明状,可溶性极强,代表有一个人开始不经意地渗透自己的心脏。

陈弦花时间平静下来,补了个觉。

再醒来是下午五点,她没觉得饿,但仍叫了份咖啡和贝果,取外卖回来,路过2022房,她短暂地停了一下,留意门内动静,悄然无息,孟颉也许还没有醒。

陈弦盘坐在落地窗前吃喝,就着夕照下饭。

其间她翻出孟颉拍摄的落日图做比较,想看看有什么不一样,最后结论是:画面相似,但不相同。

七点,男生的微信准点而至:现在走吗?

陈弦还是两个字:出发。

出门刚巧跟孟颉碰头,他正在关门,陈弦匆忙叫住他,将手里的纸袋交出去:"我多买了一份贝果给你。"

孟颉顿了顿,接过去。

陈弦说:"你肯定还没吃饭。"

孟颉没有像早上那样避而不答:"嗯。"

陈弦说:"路上啃吧……不过已经凉了,口感会打折。"

她话语里的"啃"字惹人发笑,孟颉弯弯眼:"谢谢。"

走出楼道,斜阳已逝,暮色四合,孟颉开始拆那份贝果,袋子声音窸窸窣窣,陈弦听在耳里,偷偷扬高唇角。

她为什么笑?她也不知道。

因为住宿的地方离江滩很近,两人全程步行,走得不紧不慢。

沿途孟颉吃完了那份贝果,他进食的过程很安静,不主动交谈,也听不到任何咀嚼音。

一时半会儿找不到垃圾桶，他就把包装纸叠了几道，收在宽大的裤子口袋里，如此行至江滩。

这座城市晚上的温度依然很高，限电的江滩也少了往日的绚烂，但吹风漫步的人不在少数，他们热闹地散落在码头上，草荡间，夜风里。

渡轮于江上行，水中有广厦，有大桥，粼粼熠熠。

远处小小的人影顺着江岸夜跑，也有成双结对的爱侣款款而行，像是动态的沙画。

一些小型鸟类在天上飞，振翅频率急促，陈弦仰头仔细辨别，没看出个究竟，就问："那是什么鸟，晚上还飞这么勤。"

孟顿抬头看一眼："是蝙蝠。"

晕，陈弦拽回视线。

坡下有些人在骑行，双人的，三人的，就是没单人的，也不知道是从哪过来的，陈弦提议："我们去找找哪里能租到自行车。"

租车处并不远。

……

这是陈弦第一次骑这种引人注目的双人自行车，她坐前面，孟顿在后面，讲话还要费劲地扭头。

"你感觉怎么样。"蹬出去五米远，她不自在地问。

孟顿说："还不错。"

"你以前骑过这种车吗？"

"没有。"

陈弦说："我现在有些后悔了，路人好像都在看我们。"

孟顿说："往前看，别在意他们。"

克服心理障碍的过程并不漫长，越往静处走，灯盏愈暗，人烟也愈发稀少，柳枝摇曳，夜风阵阵吹拂。

中途有栋建筑异常醒目，顶楼悬接着球状的空中餐厅，像只巨大的金色话筒，在采访江城的夜幕，此情此景，此时此刻，还有当下的感受。

陈弦哼着歌，情绪越发高涨。

到那个临界点时，她回头拜托孟顿："如果我放手，你能稳住方向吗？"

孟顿怔了怔，握牢自己跟前的把手："应该可以。"

实际上并不能很好地做到，因为这种车的主要受力点在前一个人身上，即使孟顿再努力，车头也会乱了方向，小幅度地左摇右摆。

两个人又是慌张，又是大笑，最后双双将腿撑回地面。

陈弦微微喘气："还是算了。"

孟顿却说："我去前面试试。"

问题迎刃而解，换来后排的陈弦不需要再用力踩脚踏，任由孟顿载着她提速就好。

她放心地张开手臂，尽情地被风拥裹。哇——她在心里嘶喊着，T恤鼓起，她就要起飞了，变成一只白色的气球，漂浮到江面上，漂浮到江水里，漂浮在江城湿热无边的夏夜。

这种梦幻感持续到返程上楼。

从电梯出来后，四周骤暗，陈弦奇怪地东张西望："怎么这么黑？"

孟顿重咳一声，环境无变化，因而判断："好像是走廊的感应灯坏了。"

"这个小区还行不行了！"陈弦打开手机电筒，一边探路，一边嫌弃地碎碎念，"密码锁坏，感应灯坏，还有什么是没坏的。"

孟顿跟着她走，唇角微勾。有一秒钟，他下意识地想接：我们。

但他克制着，没有开口。

他注视着正前方的女生，光在她周身晕开，这个夜晚，他见证她翱翔过，又变回拢起羽翼的白鸽。

孟顿脚步变慢，与她拉开距离。

陈弦觉察到了，倏地回身架高手机，拿强光刺他。

男生当即停步，抬手挡眼，意识到她的行为因何而来，他脸微低，不好意思地笑了一笑。

陈弦放下手机，他才从光与暗的边界抬起头来。

梅开二度，孟顿又被吓一跳，因为她把白色的灯筒放在下巴处，扮女鬼，死亡光线，死亡凝视。

"别这样。"孟顿无奈地放大笑容,快步靠近。

"我白天就想问了,你为什么总是离我很远,早上看日出的时候这样,晚上回来还是这样,"陈弦回归正常,低头打量自己,甚至嗅胳膊,"我身上有毒液?"

孟顿说:"不是。"

"是因为我也想看到画面里的你。"他必须认真解释一下这个误会。

走廊重新安静下来。男生的话有些含糊,含糊到让人心口发痒。

到达房间的那段路,陈弦再不搭腔,前方手电筒的光圈,也变得异常稳定。

在门外告别后,两人无声地站着,谁都没有先开密码锁,都像是在等待对方。

胶着……又有点儿黏糊,像两条鱼在混沌的水箱,莫名缺氧。

陈弦催促:"你倒是开门。"

孟顿没动:"你先。"

陈弦转向门,滴滴滴按几个数字,又作罢回过身来,深吸一口气。

"你想抱我一下吗?"她问。

孟顿的眼睛圆了一圈,没有原因。

陈弦讲不清楚原因,她只知道她很开心,又很不爽,闷声憋大招,因为孟顿全天候发散的距离感,可他刚才说的话又这么暧昧不清,她几乎要相信了,卞之琳的《断章》就发生在她身上,也难以忘记日出时未被实现的表达。

冲动问出口的下一秒,陈弦就后悔了,变得无措。

"我清单里有一项是找一个陌生人拥抱。"她说。

这是真的,可现在就要变成虚假的台阶和幌子了,陈弦能感觉自己的声带在打战:"就突然觉得,临时改成'拥抱孟顿'似乎也不错,不过你也不算陌生人就……"未完的话就此卡壳,因为男生不假思索地上前一步,拥住了她。

天,她以为在江岸骑行的时候已经足够失重,但现下更甚,江风是风,是流动的,但孟顿是焰火,这种心脏猛烈爆破的感觉,只有经历过才会懂。

6

热，孟顿的身体很热。

陈弦是如此真切地感受着，在这个有史以来温度最高的夜晚，他的胳膊，他的胸腔，还有他在她耳边的一呼一吸。

她陷在里面，由外而内。

肌肤依恋在分秒间到达顶峰，陈弦情不自禁地揽住了孟顿。手机的光团逐渐缩小，最后贴到他背脊上。

周遭彻底暗下来，仅余他们此起彼伏的气息。

孟顿更加用力地扣紧手臂。

拥抱的属性就此发生变化。

在黑暗里，他们不约而同地重新定义"一下"，"一下"变得滚烫而漫长。两个人的体温加起来有八十摄氏度吗？

回到民宿后，陈弦完全忘了刚刚是怎么放开彼此的，又是怎么打开房门的，她只知道她必须在玄关处停一会儿，世界混乱，心跳得随时能破出身体。

腿脚发麻，她几乎没法走路，就像茶和酒，有回甘，她还在品咂。

她在门内足足傻站一分钟。吁了口气，陈弦取出手机，给孟顿发消息：谢谢，你回去了吗？

掩耳盗铃。谢什么，感谢他抱了她？达成所愿，清单又可以划去一项？

发送后，门外响起一声微信提示音，掉落在寂静的过道里，异常清晰。

陈弦抵唇窃笑，他还留在原地，还没回去，被她抓到了。

他立刻回了消息：马上。

他没有欺骗她，她贴在门板上听外面动静，听见他解锁，又很轻地将门带上。

陈弦的唇角很难复原，她换好拖鞋，边往沙发走，边在微信里故意逗他：你没回去吗？

孟顿却直白而坦诚：我在门外站了会儿。

陈弦笑倒在沙发里：站那儿干吗？

孟顿说：在想刚刚的拥抱。

他又说：和你。

陈弦险些翻下地。他到底是直拳手？还是装成直拳手的高端玩家？

陈弦开始做阅读理解。

因为他耐人寻味的倒装句式，"拥抱和她"，还是"和她的拥抱"，用到的字看起来一样，意义却大不相同，这意味着她在他心里是依附还是主体。

她干脆地问了：你想的是，和我拥抱，还是我和拥抱？

孟顿好像被绕住了：区别是？

陈弦说：鸡生蛋和蛋生鸡，因为我才有了拥抱，还是因为拥抱才有了我。

肢体接触衍生情意的案例比比皆是，但她更希望今晚的逾矩都发乎于情。

这次他搞清楚了：前者吧。

陈弦心满意足。她得到了想要的答案，她即诱因。

那她自己呢，如何看待孟顿，当她想拥抱他时，因为面对的是他，还是因为她迫切地需要拥抱？

陈弦带着这个问题去淋浴。

神清气爽躺回床上后，她打开投影仪，给自己找了部高分电影当背景音，然后发现孟顿又给她发了新消息。

他说：我第一次抱一个女生。

陈弦颇感意外，没有明确表示信或不信，依旧玩梗：以前都抱男生吗？

孟顿：……

陈弦笑着改口：好啦，我知道了，所以白天才离我那么远。

孟顿：有原因的，职业习惯。

陈弦猜测：你是摄影师？

孟顿：不是，画画的。

哇，陈弦不知做何反应，她第一次接触做这行的人：画家？

孟顿重复刚才的表达：就画画的。

该说他太谦逊还是太随意，陈弦吐槽：太抽象了，我画个火柴人也叫画画。

孟顿终于其具体化：插画师。

陈弦的第一反应是去复核他朋友圈，其实昨晚她就看过。结果不变，还是三天可见，还是什么都没有，他的个人信息相当隐蔽。

只能继续口头追问：给杂志画吗？

孟顿说：绘本，有时也画一些书籍封面。

陈弦当即打开淘宝，搜索绘本，种类繁多，基本是童书——儿童绘本，画风各具特色，有些套系图书销量惊人，也有一些偏小众，但无一例外地可爱着。

陈弦截图问：这种绘本吗？

孟顿：嗯，类似。

陈弦瞬间讲不出话，孟顿在她眼中变得不一样了。

画师、作家、乐手……这些在多数人眼里与艺术才华沾边的身份，都会被作品赋予奇特的魅力，哪怕他们走在生活里，与常人一概无异。

光环出现，意味着对等的解离。

一个人遇见另一个人，这是可以讲述的回忆。

一个人遇见一个画家，这是大荧幕上的电影。

很神奇，也倏然冷静，从幻梦中惊醒。

陈弦说：原来你这么厉害。

孟顿否认：不，我很菜。你截图里的书，没有一本是我的。

陈弦问：你是来江城采风吗？

发出去后她就想撤回，问得好没营养，还显得刻板印象。人家就不能像自己一样来散心吗？

孟顿说：不是，我在这里有个个展。

陈弦：……

我很菜、我在这里有个个展……有够凡尔赛（假装不经意间炫耀自己）。

陈弦说：我在这里有个重要任务，协助孟老师喝上他想喝的茶饮。

孟顿估计笑了：别。

陈弦承认：我有些被吓到了。

她又说：我知道我有些贼喊捉贼。我提问，你回答，整个过程都没问题，但我真的被吓到了。

孟顿说他看出来了。

陈弦心情复杂：抱歉，我不该问的。

别扭的感觉无限叠加，无法控制。

她能为刮出八十八块钱欢欣鼓舞，但天降横财一百万她受之不起。

倒不是认为自己不配，而是她理想中的故事从这一刻起变得迥异。

她尽可能地将它表明：我的意思是，现在在我看来，陈弦还是陈弦，但孟顿已经不是孟顿了。

聊天界面变得安静。

这样的断言有些严重，严重到伤人，陈弦感觉到了，毕竟他们刚有过亲密的肢体接触，现在她又用话语将他推离。

她强调当中一句，希望可以挽回局面：只是在我看来。

孟顿依旧没有回话。

几分钟后，他分享来一条链接，是出自公众号的一则个人画展通知，标题《浪。花。》，一张小画儿被用来当 banner（横幅广告），是色彩浓郁的花朵们，水彩风格，应该出自他笔下。

他问：你想去看看吗？

又说：明天。

陈弦沉默了会儿，问：你觉得我应该去看吗？

孟顿：我觉得你应该去看看。

他说：看完你会推翻现在的想法，陈弦是陈弦，而孟顿依旧是孟顿。

第三天 莲子壳星空

竞赛开始了,一整袋莲子硬生生被他们折腾掉大半,
地板彻底沦为"莲子壳星空"。
到后面,他们都忘了计分,
对这个一时兴起的小游戏乐此不疲。
时间像偷来的。她现在很轻松。

1

考虑到孟顿需要睡个好觉，看展的时间约在了下午。

陈弦没有睡懒觉的习惯，早上七点整，她的生物钟让她准时张开眼睛，洗漱，化妆，出门买早点。

这个上午该如何挥霍呢。

自打加入孟顿，她的计划天平就不再稳定，不知该倒向哪一方。

她在附近一家 KFC 用早餐，重新整理清单，原本第三天的安排是：独立生活一天。

这里的独立是广义而非狭义。陈弦一直是个独立的人，至少在旁人眼里是这样。

幼儿园离家不远，她能独自走路上下学，初中寄宿在老师家，高中到读研都住寝室，除了物质支持，她几乎没怎么依赖过父母，不需要鼓舞或鞭笞，她学业顺遂，性情稳定，连最虚张声势的青春期都悄然无息。这也意味着，从小到大，她一直在过一种"群居生活"。

很小的时候，她就意识到社会化是 99% 的人类的必经之路，所以懒得挣扎，也不屑于挣脱，她在世俗的检视间打造出一个近乎"完美"的自我。

二十五岁，拿到硕士学位，考公一次上岸，她又一次成为亲友们交口相传的满分答卷，逻辑准确，字迹规整。

我也想过花里胡哨的生活——陈弦没有这样想过，与自暴自弃无关。脱轨不一定意味着自由，她的自由就是遵守交通规则，偶尔给自己开开黄灯,比如这几天的"出逃"。而她的独立生活是指:一个人在一间屋子里度过一整天。

这个假期结束,她即将面对这样的生活,所以想提前一试。

回家前,她导航去最近的超市,买了些蔬菜和肉类,为此,她也特意挑选了一间可以使用厨房的民宿。

陈弦对做饭并不陌生,跟室友偷偷开小灶那些年,她没少备菜烹饪两手抓。一顿择洗切煮,她蒸上米饭,打开手机看时间,十点半。

在这之前的十点整,孟顿有给她发微信消息:早上好。

陈弦说:午好,我刚刚在做饭。

他们的"早晨"明显不是一码事,孟顿跟着切换说法:中午好。

陈弦问:睡得好吗?

孟顿回:很好。

陈弦在想要不要邀请他来吃饭,她把锅揭开瞄一眼,避免浪费,遂邀请:你想来吃饭吗?我在做煲仔饭。

孟顿好像很意外:做饭?自己?

陈弦:嗯。

她说:你的语气好像很不可思议。

孟顿:因为我住的这间没有厨房。

陈弦说:我的有,来吗?

孟顿说:马上到。

他的"马上"很"马上",快到陈弦刚走进洗手间想要整理仪容,门就被叩响,她抬手的动作不得已悬在半空,最后从镜面里快速闪走,沿途她拨刘海,深呼吸。

开门的时候,她确定自己已经做好准备,去面对"全新"的孟顿。

但男生没有任何变化,还是那副清爽模样,干净宽松的T恤和中裤,露出精干的小腿,头发茂密蓬松,他看起来很"男同学",毫不"艺术家"。

他还带了两听果啤,一看就是刚从冰箱取出,浮着层白雾。

陈弦完全没想到这个。

"嗨。"陈弦跟他打招呼。

孟顿问:"要换鞋吗?"

陈弦说:"不用。"

他们眼神都有点躲闪,因为昨晚那个密不可分的拥抱,以及那个意外抖落的身份,和声中出现的突兀音节延续到现下。

陈弦领他入门:"进来吧,坐哪儿呢?"她四处看,无缘由地发慌,"沙发、桌边,请随意。"

孟顿没有坐下。刚走回料理台的陈弦看他:"你坐啊。"

孟顿说:"你这里很亮。"

陈弦说:"你那儿不亮吗?"如果她没猜错,他们的户型结构采光应该大差不差。

她倏地又想起第一天的傍晚,指指落地窗:"需要我拉上吗?"

孟顿摇头:"不用。"

"因为热吗?"

"不是,因为……"孟顿思考几秒,"夏天的太阳太强。"

陈弦笑了:"你有吸血鬼血统吗?"

孟顿接梗:"可能有一点。"

陈弦走过去,将百叶帘拉下一半,屋内的光线顿时由澄明转向灰白:"这样会好一些吗?"

孟顿说:"不用管我,我适应力还行。"

陈弦说:"可你刚刚一直皱着眉。"

男生这时才完全眉目舒展:"有吗?"他完全不知情。

陈弦:"有,只是一点点,不明显。"

孟顿抬手用手背按压自己眉心:"抱歉。"

陈弦安慰:"艺术家有一点点小怪癖很正常啦。"

"陈弦。"无言以对的时候,他似乎很喜欢叫她的名字。

陈弦"嗯"了一声,微笑应下。

"别这样称呼我。"孟顿笑着摸了摸后颈,他浑身不自在,"很怪。"

陈弦摊手:"但我不是第一个这样称呼你的,昨天的公众号也这样称呼你。"

孟顿说:"可是你这样说就会变得奇怪。"

"为什么?"这次换陈弦不理解起来。

孟顿弯唇:"孟顿的一点点小怪癖。"

陈弦笑出声来。

"好吧,你赢了。"以彼之道还施彼身,她投降,心悦诚服。

……

饭蒸好的时候,孟顿主动帮陈弦端锅,全程她精神紧绷地跟在后面,直到宝蓝色的铸铁锅稳稳停在桌子中央。

因为不想用民宿的公用碗筷,陈弦买了一沓纸杯和一袋竹筷。她将它们拆分开来,烫了烫,拌透米饭,鲜醇的汤汁裹住了每一颗长粒米,腊肉混在里边,浓香四溢。

陈弦将孟顿那碗……那杯盛得满满的,递给他:"将就着吃吧,看着比街边大排档还随意。"

孟顿接过去,将两人的啤酒拉开:"很香啊。"他推给陈弦一听。

陈弦迅速抿一口:"哇,还是冰镇的舒服。"一抬眼,发现孟顿握啤酒的手滞停在中途。他看着她,一切尽在不言中。

陈弦反应过来,失笑,举起自己这瓶,跟他撞了一下:"cheers(干杯)。"

男生终于满意,也喝一口。等到他真正开始吃饭,陈弦小心观察他表情,确认无异样,才问:"好吃吗?"

孟顿说:"很好吃。"

陈弦也扒拉一筷子到自己嘴里:"嗯,还不错。"

一次性的筷子,一次性的纸杯,一次性的啤酒,一次性的午餐,但因为二人共享,一次性变成了"只此一次",变得珍贵并有意义。他们不时攀谈几句,慢慢吃完了一整锅。

陈弦饱透了,赖坐在椅子上,问:"你一个人生活过吗?"

孟顿看她:"我一直一个人生活。"

陈弦:"从什么时候开始的?"

孟顿说:"出国之后。"

陈弦想起他个人简介里的列宾美术学院："俄罗斯吗？"

孟顿："嗯。"

"看到过熊吗？"她面露向往。

孟顿笑了："我没看到过。"

陈弦说："那很遗憾。"

"动物园可以看到。"

"但从你家窗口路过的那种没有。"

孟顿目不转睛地看着她，此刻的陈弦，就像个充满奇思妙想的公主，住在高耸入云的城堡，百无聊赖地梳理长发。

陈弦垂了垂眼："我几乎没有独居过。"

孟顿说："一直有人陪伴不好吗？"

陈弦说："是很好，但无法放松。"

"在自己家也不行？"

"不行。"

孟顿又："现在你放松吗？"

陈弦如实回："不放松，我想立刻把锅洗了，因为下午还要出门。"

孟顿看一眼手机时间，又看一眼沙发："去沙发上坐会儿吧。"

陈弦抓抓头："不提还好，现在我好想洗碗。"乱七八糟的桌面看起来像张五官扭曲的脸，冲她龇牙咧嘴，她只想将它们各归各位。

孟顿说："一会儿我去。"

陈弦："你确定？"

孟顿盯住她，像是对她提出的这个疑问颇有异议。

"我确定。"他肯定地答，又说，"从我进来你就没停下。"

陈弦也没意识到："是吗？"

"是的，"孟顿的眼神很确定，"休息会儿吧。"

在男生平静的"咒语"里，陈弦抓着剩余的半听啤酒陷进沙发。

孟顿也坐过来，与她不近不远，隔着大概一只抱枕的距离。

陈弦抿了口果香味的啤酒，侧过头："就坐着吗？"

孟顿留意到茶几上的塑料袋，里面装着不少正当季的莲子，青嫩、新鲜，小而圆，问她哪里来的。

陈弦："我上午回来顺路买的。"她抓了几颗给他品尝。

孟顿剥开一颗，递给她，又给自己剥一颗，莲子壳留在他手里。

陈弦说："先放桌上吧。"

孟顿却直起上身搜寻垃圾桶，在不远处，茶几的另一边。他抛球一般，将莲子壳扔出一道弧，正中"篮筐"。

陈弦笑起来，一脸没救了："男生果然都这样！"

孟顿给了她一个："试试。"

陈弦懒洋洋靠那，草率一丢，没扔中，遗憾地"啊"了一下。

孟顿又来一次，依然很准，值三分。

陈弦不服气，正坐起身，摩拳擦掌。

竞赛开始了。一整袋莲子硬生生被他们折腾掉大半，地板彻底沦为"莲子壳星空"。

到后面，他们都忘了计分，对这个一时兴起的小游戏乐此不疲。到点后，孟顿起身洗碗，陈弦负责收拾残局，把地上的"失败品"一一收进垃圾桶之后，她忽然意识到这个午后也完完全全荒废了，她转头看向停在洗菜池前的背影，开口想说"我居然花了一个中午跟你扔莲子壳"，最后她没有，只是低下头，笑了很久。

时间像偷来的。她现在很轻松。

2

在这个中午以前，孟顿不是第一个说陈弦"停不下来"的人。

她的妈妈说过："弦弦啊，你怎么还在写题不睡觉呢？"

她室友也说过："救命，你又去图书馆，休息一天吧。"

去画展的路上，陈弦跟孟顿聊到了以前的事情，比如她无疾而终的绘画经历，企图证明她没有那么"卷"，也有闲情逸致倒腾一些课余爱好。

"我在读研期间报过一期网络水彩班，好像学到了点东西，但后来基本没派上用场，可能它的存在意义只是解压。"

　　孟顿好像很感兴趣："是什么样的水彩班？"

　　陈弦打开当时的上课APP，并找到课程："一些简单的钢笔淡彩。"她将自己的后台作业展示给他，"这是我画的。"

　　"很不错，"孟顿的赞赏听起来真心实意，"你学了多久？"

　　陈弦说："前后两个月，每周两节课。"

　　孟顿说："而且你每次作业都交了。"

　　陈弦弯唇："这也值得夸？"

　　孟顿说："能按时完成任务对我来说很了不起。"

　　陈弦按灭手机："你开过班吗？"

　　孟顿摇头："没有，我不适合当老师，也不是会规划的那类人。"

　　陈弦说："可你照样能办出个展。"

　　孟顿说："因为有专门的策展人，我供画就行。"

　　陈弦扬眉："不需要去参加什么开展仪式吗？类似剧组开机工地剪彩那种。"

　　孟顿说："我拒绝了。"

　　陈弦卡了一下，然后说："我挺好奇的，无规划的生活是什么样子，不会没有安全感吗？"

　　孟顿说："不会。"

　　陈弦直白地猜测："你本身家境就不错吧。"

　　孟顿点了点头。

　　"我就知道。"陈弦转头看向窗外，"其实我家也还好，父母都有收入，几乎不给我压力，但不知道为什么，他们越对我没要求，我就对自己要求越高。"

　　看不到终点的跑道，只能一直跑，一直跑。停下就会成为错误，会被他人赶超。

　　生活在这里的人大抵如此，被浪潮裹挟，有人到达彼方，有人被拍打到礁石上，也有人在海水里溺亡。

　　孟顿是少数一种，他有自己的绿宝石岛屿。

陈弦光临了他的小岛，一座长年对外租借的私人美术馆，全白的设计好像一只极简风的圣洁神龛，而他的作品是供在神龛里会被朝拜的瑰宝。

门口的指示牌上写着：《浪。花。》

背景依旧是昨晚见过的那幅花丛。

拿到门票和附赠的明信片后，陈弦看了看上面的名字："浪是指你吗？"

Waves，他的笔名，也是他的微信名。

Waves，海浪，波涛，涌现的人或事。

孟顿说："嗯。"

陈弦将明信片翻转到另一面："怎么没有用本名，你本来名字也很好。"

孟顿说："我一直没有用本名，我的 ins（国外社交平台）也是这个名字。"又说，"我在国内没有姓名。"

陈弦哑然，震惊于他的自谦，或者说是自贬："什么叫在国内没有姓名。"

孟顿语气淡然："我只玩 ins，买我的画的大部分是外国人，绘本也都是出品海外的全英文版，我的画风不适合这里。"

陈弦愣在那里："可你在这里办了展。"

孟顿放眼望了望，示意四周："你看到了，几乎没什么人。"

确实没什么人。洁白的走廊长而空阔，他们几乎包场。

陈弦突然不知道该说什么，孟顿无疑厉害，但不是普罗大众的那种"厉害"，他的才华与成绩并不会成为资本，至少不是"谈资"的那种资本，因为行外人不懂，也不想懂，艺术精神层面的追求，是高层次追求。

倘若去安慰他，又会显得多余，因为他不需要，即使是一方孤岛，他也是当之无愧的孤岛领主。

他们路过了一块"会动"的墙，上面有大面积的投影画，还是孟顿那张标志性的繁花图，花朵轻轻摇曳，像被小风吹拂着。

孟顿的笔触大胆潦草，但用色舒服清透，不同色块搭配在一起也不突兀，赏心悦目。他完成了一幅水彩版的"莫奈荷塘"。

"看，你的画在动。"陈弦停在它们前面，近距离观察那些仿佛活过来的花儿。

孟頔也站住："嗯，我把它们做成了动画。"

陈弦："你做的？"

孟頔似乎没搞懂她的惊讶重点："策展方给的建议，他说要一个吸睛适合观展人打卡拍照的开场。"

陈弦踌躇了一下。

孟頔看出来了："你想拍照吗？我可以帮忙。"

陈弦不再藏掖："本土狗第一次看画展。"她回头看了看，"尤其你的画很漂亮。"

孟頔当即拿上她的手机站去不远处。

"这个位置可以吗？"他问。

"可以再远一点吗？"陈弦目视镜头，指指后方，"我想能拍下整张画，如果可行的话。"

他颔首表示可以，走开一些，重新调整角度。

拿到照片后，陈弦道了声谢。孟頔说不客气。

陈弦自嘲："我们真是好客气好有礼貌啊。"

孟頔同意。

陈弦说："我决定收回感谢，这是朋友间应该做的。"

孟頔笑意变浓几分。

走过动画墙，再穿越高耸的白色圆拱门，艺术馆的内部环境变得愈发开阔，孟頔真正的画作就被安置在这里。

"有人了。"陈弦说。

是的，有人了，尽管不多，一对情侣，还有两个年轻的女孩儿。他们或拍照或私语，整间展厅静谧而空灵，只有孟頔的画作是鲜活的，在盛放。

展览的主题是"花"，他也的确画了很多花。

陈弦之前看过一些大家的花，比如凡·高举世闻名的鸢尾和向日葵，色彩浓烈，笔触坚定。但孟顿的花偏冷淡轻薄，有纱雾感，光影一绝，观感近似星云或月晕。

疏离、轻盈、细致，当然，还有舒适。孟顿说得没错，他就是他，他的画只是他的成分，而非光环或附加。

整个看展过程耗时不长，不到两个钟头，他们就逛完了一圈。陈弦拍下了不少照片，并后悔没有带单反来，手机镜头严重阻碍了孟顿的色彩表达。

中途还发生了一个小插曲。那就是来展厅转悠的策展人认出了孟顿，他走近确认，随即声讨："你小子偷偷过来了啊。"

孟顿微微笑了笑。

那位男士又讲了些玩笑话："我叫你来你说懒得来，带妹妹倒是动力满满。"

陈弦也只能笑一下。

他的朋友是个大社牛，继续调侃，问她要不要买一幅。

孟顿好脾气地制止了他。

陈弦却说："可以啊。"

朋友欠欠地耸肩："可惜开展第一天就被买手抢光了。"

陈弦要笑不笑："你其实是来炫耀的吧。"

朋友惊异于她的直接，并且人外有人直上加直："哪有，我是来帮孟顿的忙。"

两人同时沉默，因为他的话里有话。

孟顿婉拒了朋友的约饭邀请，并将他"驱逐出境"，嗯，他跟陈弦的二人之境。

返程没有打车，他们乘坐地铁回民宿，这趟车次人不多，两人都有座位，并排坐在一起。

陈弦还记着刚刚那个男人的话，好奇地问："你的画一般在哪里贩售？"

孟顿问："以前还是这次？"

陈弦："还分以前和这次吗？"

孟顿说:"以前的展在国外,都是现场购买。这次合作方有专门的小程序,你搜那间艺术馆名字。"

陈弦很快找到。艺术馆的界面格调颇高,开屏就是孟顿的画展通告。他的画像商品一样陈列在里面,加入购物车的选项均已发灰,显示售罄。

再看一眼价格,八千到两万不等。陈弦关掉了。

算了,她有照片版。陈弦翻阅起手机里的相片,欣赏凡人的战利品。她的拇指暂停在孟顿给她拍的那张相片上面。

会画画的人似乎有着天生的高审美,除了恰到好处的构图,她第一次发现原相机里的自己也能有这么漂亮。

但关注重点转移到整体后,她的看法改变了,她成了一个累赘,一片阴影,鸡蛋里的骨头,因为她身体的遮挡,画面变得不再完满。

她把手机递到孟顿眼下,指出自己身上的花影:"我好像破坏了你的花园。"

孟顿低头,很认真地看了一会:"没有,花朵开在了你身上。"

3

花里胡哨的,也怪让人心动的。

从地铁到家的那半个小时,陈弦满脑子都是这两句评语。

广告牌飞驰,她心跳也异常快,尽管孟顿讲完那句话后,她只表面淡定地回了一句:"你好会说话。"

"有吗?"男生不以为意。

她把手机"夺"回来,天知道她为什么要使出这样的架势,好像是羞于在他的目光里久留。

花朵是开在了她身上吗?明明开在了她心上。

他在别的女生心里埋下过花种吗?也用七彩色料一样的字眼滋养过吗?

回到民宿后,陈弦回过头看了看微信那句"我第一次抱一个女生",

有点抓狂,因为起伏的状况与情绪,这三天来,她和孟頓的关系就像是一个接一个的潮涌,不是在迸发后平和,就是在平和中迸发,多少有些折磨。

坐立难安持续到孟頓来找她。

傍晚分别前,他曾问过陈弦今天还有没有什么安排。

她想了想:"我想在民宿看电影,有个投影仪,你要加入吗?"

他说:"好啊。"

但回来后,她才想起来投影仪在楼上,使用的是床对面那面墙,如果他们要一起观影,就必须坐在一张床上。

这才是她不安的真正因由。

婉拒还是应允,折腾到他真正到来。

陈弦必须讲明:"得告诉你一件事,我的投影仪在……"她一手指天花板。

孟頓跟着看一眼:"上面?"

陈弦点点头:"楼上,床前。"

孟頓顿住了。

"坐那看会有点奇怪吧。"她掩唇笑了笑,又抿紧。

"嗯。"孟頓赞同,他给了新的解决方案,"我那儿的投影在客厅,可以坐沙发上。"

陈弦看看门外:"意思是去你那儿吗?"

"如果你不介意。"

"总比床上好。"

两人都有点尴尬,不约而同地笑开来。

陈弦带了杯水迁移阵地。

孟頓跟她"家"画风不同,格局虽相似,但布置更中性风冷色调。

在灰色的双人沙发坐下,孟頓站那连接手机蓝牙,问她要看什么。

陈弦抬头:"其实我也没决定好。"

孟頓问:"有方向类型吗?"

陈弦说:"高分影片。"

孟顿低低地笑一声。

陈弦说:"我不想浪费时间。"

孟顿说:"爆米花片也能收获快乐。"

陈弦说:"是,就像吃泡面,吃着很爽,吃完了又后悔。"

孟顿问:"吃泡面为什么要后悔?"

陈弦说:"因为没营养。"

孟顿莞尔,继续操作手机。

都网站电影TOP250开始在幕布上滚动,怕陈弦看不清,他滑屏的速度很慢。

陈弦抱住了靠枕,把它夹在身前。她总是有这样的习惯:"我居然看过很多。"

"你呢?"她仰脸找到他的位置。

孟顿望回来:"我几乎都看了。"

陈弦说:"那选择权要交给我了。"

孟顿绽开一个耀目的笑容:"从一开始就是。"

陈弦最后的选择是《纽约的一个雨天》,然而它并不在高分行列,只是她突然想起来,这是一部类似《花束般的恋爱》的影片,五月刚上线,而她当时在焦头烂额地忙论文。

电影开场时,孟顿征询她同意,关灭了所有灯,房间暗下来,只有荧幕在发光。

陈弦问:"你看过吗?"

"我看过。"孟顿坐到她身边,比中午在她家时要近一点。

屏幕上方忽然跳出一条微信消息提醒。

孟顿一顿。

陈弦开始揣摩他会不会点开,故意搞事:"没关系,你看呀,反正电影才开始。"

男生没有迟疑地切至微信。

是个叫"老Q"的人,问他:孟老师,难得一聚,晚上赏脸出来吃个饭吧。又说:把妹子一起带来嘛。

孟顿看看陈弦。

陈弦问:"是下午看展遇到的那个男生吗?"

其实不该用男生来形容了。人与人之间的参差很微妙,有的人你能清楚地看到他已被锈蚀,铜臭、烟味、酒气,灵敏而圆滑地穿梭于各个水域;而有的无公害无污染,天然有机,只乐意被所乐之人观赏和采撷;孟顿是后一种。你也无法评判前一种就是错误,只是,能成为后面那种无疑幸运。

孟顿回:"是他。对请我们吃饭这件事执念很深。"

陈弦纠正:"是请你?你可以过去啊。"

孟顿眉头微蹙:"我看起来像想去的样子吗?"

陈弦反问:"你本来就不想去吗?"

孟顿说:"我讨厌社交。"

他第一次用上"讨厌"这种词性很重的描述。

陈弦明打趣暗试探:"多讨厌,讨厌到第一天就主动加我微信吗?"

孟顿不说话了,但安静的这几秒钟,他是看着她的。陈弦端起杯子喝水,一口,两口,他才说:"是想给你发那张照片。"

陈弦心脏重重一沉,眼睫微垂,放下水杯:"是吗?我还以为你是想加我。"

她面孔平静,动作平稳,一种端出来的"自然"。

"等等,"心又被悬吊起来,孟顿不解地问,"这两者有冲突吗?"

陈弦说:"没有。"

她尝试缓和气氛:"是'快加她啊快加她啊,过了这村可没这店啦'这种想加吗?"

孟顿肯定了她的说法:"是啊。"

陈弦喊笑出声:"孟老师你的 OS(心里想法)很俗气欸。"

孟顿说:"那换个说法。"

陈弦:"嗯?"

孟顿似乎在思考,语速缓慢:"你有过,看到一个人就认为会跟她有故事的感觉吗?"

陈弦不吭声了，一种紧室感捏住了她咽喉，她无法开口。

过了会儿，她说："有过。"

两个人都望着屏幕。甜茶和范宁在里面喋喋不休地交谈，计划着即将到来的纽约的一天。精致的小王子和小公主，一个看透世事，一个急功近利，他们配合彼此，也忍受彼此。

"跟我前男友。"她往下说。

陈弦清楚这很扫兴，但除了说这个没办法，她得倒些冷水进来，中和温度，她现在很热，气氛也很焦灼。

孟頔腾得靠向沙发，好像想找个情绪支点。

"为什么分开的？"几分钟后，他问。

"我太忙了，"她下巴示意荧幕，"目标多多，有点像这里面的女主。"又转头面向孟頔，"他们最后肯定分开了对吗？"

男生看过来："我该剧透吗？"

"没关系，"她无所谓道，"我一定没猜错。"

他点点头。

陈弦露出"我就知道"的神态。

死去的回忆突然开始攻击她，她不受控制地打开话匣子："我和我前男友也是这样，他这个人比较……佛系，我不是，我很赶。一开始当然很好，就像歌里唱的，分分钟都妙不可言，后来就变味了。我就是想说，无论什么故事，都会有个结局，happy ending（好结局），bad ending（坏结局）。"

"陈弦。"孟頔叫她名字，干脆利落。

她立马住口了，眼眶微微湿热。

孟頔说："抱歉打断你。"

陈弦也说："不好意思，我猜你也不想听。"

孟頔抓抓头发："也不是。"

"好吧，是不想听。"不想听她跟另一个男人的故事，不想听她以此分析他们今后的结局，像预言又像告诫，尤其在这种情境里。

一种细微的隐痛蔓延了他全身，让他变得不再耐心，做不到坦诚，也做不到不坦诚:"听到会不舒服,但方式偏暴力了。"

陈弦都懂。

她说:"其实有更温和点的方式去阻止一个人说你不想听的话。"

他问:"什么?"

陈弦抿了抿唇:"远离她。那样你就听不到了。"

孟顿注视着她,她刻意执拗的眼神明亮而诱人:"如果做不到呢。"

"那就亲吻她。"

——你在说什么?可是已经说出来了!陈弦在心里冲自己呐喊,心跳急促,故作镇定。

客厅很安静,她知道孟顿盯着自己。

故事在发生,平缓而剧烈。

接着他冷不丁地靠了过来。

她开始相信孟顿的那句话是真的了,他第一次抱一个女孩,他也第一次亲一个女孩,他的唇很笨拙,又热又软。

他停在近处看她,脸很红,气息忍耐地洒在她鼻头上。

陈弦笑了,激昂的情绪似乎在一瞬间登顶,又在一瞬间落定,她的声音轻不可闻:"好像可行。"

孟顿再次贴近,吻的层次立刻加深了,在光影里改变,温和的人变得有了侵略性,变得纠缠和沉迷。

她闭上双眼,扣紧孟顿的肩膀,想被他吃掉,也想吃掉他,谁都知道,一男一女不该待在同一个房间,可当被荷尔蒙拥裹,那种独一无二的焦渴和餍足,任何情愫都无法填补。

第四天 花朵气球

花朵气球瘪了一点,不再挺立,变成一条翻肚皮的奄奄一息的鱼,但陈弦没有为此心情郁闷,因为睁开眼的第一秒,花朵的正脸刚好对着她,笑得很是真挚。

1.

陈弦有过一段不算完美的恋爱，男友是个被动的人，生活感情均如此，确认关系前的过程仿佛是两位太极宗师打擂台，每天都在试探，每天都在做阅读理解，直到陈弦忍无可忍一拳捅穿那层窗户纸。

从那时起，陈弦便意识到，与异性交往，直接才意味着高效。

猜心游戏大都属于浪漫的剧本和故事。当王子真正吻醒公主，才会有百花盛开，才会有他们最后幸福快乐地生活在一起。

吻的最后，她面色潮红，整个人快挂在孟頔身上，背对着幕布，她眼里早已没有电影，而她也早已在电影里。

他们好像藤蔓生长在一起，呼吸交错。

陈弦笑了。

她后知后觉地害羞，轻声问："我什么时候坐来你腿上的？"

"不知道。"孟頔眼睫微垂，揽着她后腰的手放松了点，但没有放开。

陈弦又问："你搬的？"

这个"搬"字令孟頔微笑："应该是。"

陈弦说："你力气有这么大？"

孟頔眉心微蹙："我看起来很弱吗？"

陈弦摇头："那倒没有。"

他那么大一只，几乎将她裹在怀间。可他又像一朵洁白的小花，花瓣柔软，需要呵护。

陈弦问："你也是第一次亲一个女生吗？"

明明已经确认,她仍无法自控地发问。

孟顿:"嗯。"

她开心坏了,高兴坏了,双向坦诚永远比单方方揣摩更能打动灵魂。

陈弦曲拳当作麦克风,凑到他唇边:"第一次接吻,什么感觉?"

孟顿一眨不眨地看着她,没有思考:"想一直亲下去,想一直亲你。"

陈弦哼笑出声。

这一次她靠了过去,阖上双目。风遇到风,水流入水,自然地席卷,自然地沉沦,自然地投入,气息愈发急促和放大的时候,背景音有电影里男主人公的弹奏和吟唱——

"I fell in love just once.

我只爱过一次。

And then it had to be with you.

还是倾心于你。"

……

2

晕晕乎乎回到自己民宿的时候,已经是凌晨两点,陈弦对今晚的事已无太过具体的印象,细节隐没在如梦似幻的滤镜里,变动不真实,亦很动人。

洗完澡出来,她清醒了一点,打开微信,空空的,孟顿没有给她发消息。当然,她也没有给孟顿发消息。

一切很突然,需要自己消解,不需要两个人推理,因为证明不出结果,或者说,结果很难如意。

她跟孟顿是两种人。她是社会动物,而孟顿离群索居,她是南徙候鸟当中的一只,只能在他的岛上停憩片刻,感受美好的花草树木。这就是她和孟顿。怀着这样的念头,陈弦昏睡到翌日下午,她的节奏被打乱了。

起床后,她立刻打车去了昙华林。在那些精致的小店里穿行时,她有些心不在焉，尤其是孟頔上午就问过她今天去哪，她没有回复。

天气烧得人脸发烫，她买了杯茶饮在店里解暑，终于给他回信：我已经来昙华林了。

但对方没有问她为什么没带上他之类的，只说：需要我过去吗？

陈弦问：你想过来吗？

他明确地说：我想过去。

陈弦发给他定位：那你过来。

半刻钟后，孟頔出现进了店，一眼锁定陈弦，她甚至没有做多余的招手姿势。等他坐下，她把自己新点的那杯饮料推给他："喏，你的。"

孟頔道了声谢，喝一大口。

"外面好热。"陈弦又抽出一张纸巾给他。

他擦了擦额头，刘海有点儿湿，像只淋过雨的小狗。

陈弦开始笑了。孟頔注意到了，也跟着笑："你笑什么？"

陈弦说："笑我给你什么你就照做。"

孟頔说："你给我的又不是错的。"

陈弦心率快了点，捏高吸管，吸了口："你又知道了？"

孟頔看向她："难道是错的吗？"

陈弦避开他明亮赤裸的视线："现在给你的没错。"

孟頔追着问："之前呢？"他的面色和语气顿时变得严肃。

原来他也是有脾气的，她以为他没有脾气……是，人怎么可能没脾气，她今天抛下他了，因为自己想不明白，想冷静。

心脏颤动，陈弦深呼吸了一下，说："之前是指什么时候？前几天？"还是昨晚？她暗暗地回避着。

孟頔没有说话，他的细腻敏锐让他三缄其口。

陈弦忽然双手蒙脸："我很抱歉，今天没有回答你，还自己偷偷跑出来。"

她不是回避型依恋人格，只是……她接着说："我昨晚想了很多。你知道我会回去，我们都要回去。"

不仅仅是回家，是回到自己的生活里去。

"今天是第四天，但也是倒数第三天。"陈弦靠向椅子，"我大后天就要走了。"她看向孟顿，"你呢，你什么时候走？"

孟顿说："我订了半个月民宿。"

她好像突然找到一个突破口："是吧，你也要走的，只是迟一周。"

孟顿问："你是哪里人？"

陈弦说："我留在杭州了，你呢？"

孟顿回："北京。"

短暂靠近，然后迅速分离，就像宿命。

陈弦问："你家在那儿吗？"

孟顿回："嗯。"他又说，"但我很自由，人和时间都是。"

陈弦听出了他的言外之意："我不是。这几天的假期都是我努力抽出来的，回去后第二天就要参加封闭式培训，接着入职，工作会特别忙。"

"你昨晚……"她犹豫地说着，"不是也在纠结和回避这个？"

一个结果，人人都要面对的结果。

"我不后悔发生这些。"她垂了垂眼，"认识你很美好。"

孟顿依旧看着她，脸上没什么表情，但眼睛里的受伤快溢出来了。

最后他说："我也是。"孟顿的声音异常平静，"但是，可不可以把故事好好走完？咱们的'七日谈'，第四天你丢下了我。"

他的描述让陈弦拧起了眉，因为听起来格外恶劣残酷。

像释怀又像受迫，陈弦点头："好，是该这样。我今天的计划是逛昙华林和去万松园吃好吃的，你想要一起吗？"

孟顿很快应声："好。"

他们沉默地喝空各自的饮料，又一起走出店门。

太阳已落山，余晖在房子间漫开了，像巧克力吐司里融化着的黄油。

接吻意味着什么，陈弦昨晚考虑了很久。牵手，拥抱，接吻，恋爱三部曲，又有谁规定它们必须为恋爱而存在。

当她和孟顿没有任何肢体接触地走在人来人往的街头，当她无法理直气壮地要求孟顿握住她的手防止彼此走丢。

她突然意识到，接吻只意味着接吻，我想吻他，他想吻我，拥抱也只意味着拥抱，意味着刹那的需求。

陈弦在暗下来的光线里偏开了脸，悄悄刮去眼角的湿润。

因为她清楚，当她酸楚，当她想哭，那也只是刹那的需求。

3

这个季节，昙华林的小店都笼在攒簇的藤蔓，绿荫和花丛中。

有一种花尤多，像是换了肤色的喇叭花，但花瓣形态不尽相同，橘金色，与落日的颜色很像。在陈弦久居的城市里，也四处可见这样的花。

起初陈弦并不知道她们的品名，直到某一年，一部题材特别的韩剧带着它贯穿始终，后来陈弦才真正去了解她的名字。

沿途有栋民居的门几乎就被这样的植被攀满了。斑驳的铁门，繁茂的花叶，衬出一股子城中野趣，有个穿白色背心的老头坐在门前，半躬着身抽烟，一口又一口，也不看行人，与烟圈一并沉寂着。陈弦远远拍下一张照片。孟頔则停在那里等她。

这些天来，他几乎没有取出手机记录过景色或画面，可能就像他说的——"带了眼睛"，他的瞳孔与大脑就是最好的镜头。

陈弦继续往前走，低头欣赏那张相片，忽然念："我如果爱你……"

孟頔站住了，眼底轻微波动。

她继续说："绝不像攀援的凌霄花，借你的高枝炫耀自己。"

孟頔反应过来，讪笑了一下。

我如果爱你，绝不学痴情的鸟儿，为绿荫重复单调的歌曲……他在心里轻声默诵完下一段。陈弦点点手机屏幕，问他："你画过这种花吗？"

孟頔说："凌霄花吗？"

陈弦说："嗯。"

孟頔说："画过，初中就画过。"

陈弦说："你初中就很喜欢画画吗？"

孟顿说："我可能从出生就喜欢画画了。"

"什么？"陈弦不可置信，"出生的事你还记得？人基本没有三岁前的记忆吧。"

孟顿却坚持说："有的。"

陈弦问："你记得什么？"

孟顿说："还没有学会走路的时候，我妈曾买回来一条正红色的金鱼，养在家里白色的瓷碗里，它经常围绕着碗壁打转。到了小学，我爸沉迷玩生态缸，家里有了更多的鱼，我把这件事说出来，我妈很惊讶，她说她都快不记得了。"

"这么清晰吗？"这在陈弦的认知之外。

她几乎没有三岁前的记忆了，即使有，那也只是通过旧照片和长辈们的笑谈构建起来的"碎片电影"，并不是真正的回忆。

"嗯，"孟顿说，"我猜是一种天赋，习惯性地用色彩记忆事物。从婴儿期就开始了，当我开始认识色彩，色彩就构成了围绕着我的整个世界。再后来，现实的色彩已经不能满足我对色彩的感知，于是我开始画画。"

陈弦鸡皮疙瘩："听起来像一种超能力。"

孟顿否认："不，色彩记忆法，很多人都会。"他转过脸来，认真地打比方，"你还记得第一天见到我，我穿的什么颜色的衣服吗？"

白色。陈弦在心里秒答，嘴上说："不记得了。"

男生眨了眨眼，似乎有些吃惊。

陈弦笑起来："干吗？我非得记得你穿什么吗？你很自信哦。"她恶作剧地话锋一转，"好啦，隔壁房的白衣帅哥，我对你印象很深。"

这个过程，孟顿一直看着她，目不转睛，光亮的眼里逐渐有了笑意，然后他弯唇回过头去。

"哎，"陈弦叫他，"如果……我是说如果，如果你想要记住我，你会用什么颜色？"她排除掉所有外物，"不可以说我穿的衣服，我美瞳的颜色，我的头发，口红也不行。"

孟顿又看向她："你在刁难人。"

陈弦面露无辜:"拜托,超能力者,这不是什么难题。"

"落日。"他说,"今后的每一场落日,我都会想到你。"

4

天色彻底黑下来的时候,他们从文艺小巷转战哄闹美食街,夜晚的万松园人山人海,鲜香满溢,两旁餐馆的牌匾与霓虹连成一片,仿佛金色的玉带。即使没有临时抱佛脚,陈弦还是陷入选择困难的境地。尤其是,每家店都很忙,每家店也都闻起来很香。

"我们该吃哪一家?"她在美食APP间来回切换,"蟹脚面还是靓靓蒸虾?"

孟顿说:"猜拳吧,谁赢就吃谁。"

"谁是蟹脚面,谁是蒸虾?"陈弦快速进入角色。

孟顿说:"你先选。"

陈弦说:"我想当蟹脚面。"

孟顿说:"结果出来了,我们去吃蟹脚面。"

陈弦恍了下神,没跟上他思路:"为什么?我们还没开始。"

孟顿说:"因为你希望蟹脚面赢。"

陈弦微微皱眉:"你怎么知道我不想让蒸虾赢?"

孟顿说:"你做选择,我跟着你。如果你现在反悔想吃蒸虾,我们也可以去吃蒸虾。"

陈弦没有更改:"我还是选蟹脚面。"

孟顿笑了笑。

5

他们在蟹脚面的二楼坐下了,服务员麻利地收拾出小桌,告诉他们扫二维码点单。

两人同时打开手机扫二维码。

"嗯……"陈弦沉吟片刻,"你点你的,我点我的。"

结果是,同一个界面下方所有被选中的菜品,都不当心变成double(双)份,又不约而同地从菜单里消失无踪。

陈弦无奈地吸一口气:"让我来吧。"

孟顿听话地放下手机。

店里上餐很快。

几道招牌菜霎时占了满桌。大盆蟹脚面居中,陈弦捞了几筷子进碗里,再入口,并没有想象的那么好吃。

但她没有失望,因为一旁看起来并不出彩的凉拌毛豆足以让人沉醉。

她第一次吃到这种口感的毛豆,跟家乡的盐水毛豆迥然不同,那么爽口酸嫩,卤汁里面的小米辣配料也刚刚好。

一切都刚刚好。

"这好好吃!"她快惊喜地叫出声来,"你尝尝。"

孟顿夹了一只:"这么夸张?"

"就这么夸张。"

陈弦不知不觉剥完一整盘,面前堆起绿豆荚小山,她又加了一份。

解决第二盘的时,她边抿着冰啤,边感慨:"这卤料怎么配的,回去之后要是吃不到了怎么办?"

酒能壮人胆,微醺之际,她喃喃自语:"孟顿,你就像这个毛豆,你跟任何人都不一样,你是我从来没有尝过的味道。等我回去,再吃我们那的盐水毛豆,我就会想起来在江城吃到的这一种,完全不一样的一种。"

可遇不可求。她单手托着腮,室内的油雾与淡光好像在她脸上敷了一层动人的妆。她忽而自嘲一笑:"完了……我好不浪漫,你说看到落日会想起我,而我却把你形容成毛豆。"

人与人的差距好大。陈弦脸更红了。

孟顿耸耸肩:"被形容成毛豆有什么不妥吗?"

陈弦说:"有点粗俗,尤其是你这样的人。"

孟顿说:"至少能被你喜欢,将来也许还会被惦念。"

落日时分被压抑的泪水在此刻涌了出来,陈弦抽抽鼻子:"是啊,我喜欢你。"她揉了下眼角,"你喜欢我吗?"

"喜欢。"孟顿重复了一遍,"喜欢。"

他也不知道自己为什么要重复第二遍,好像不这样做,就显得不够笃定,不够真诚,也不够勇敢。

在这个烟火气缭绕的、人声鼎沸的、满是油辣味的空间里,他们完成了一场对彼此的告白,在相识的第四天。

回去的路上,打不到车,他们直接走了回去。

用时五十分钟,全程拉着手,没有放开过。

6

如果不算上那些幼时的游戏或互动,这是陈弦出生迄今第二次牵一位"非亲戚异性"的手,或者说被一位"非亲戚异性"牵着,一切发生得很自然,出店门回去路上,沿路有位卖气球的阿姨,色彩各异的笑脸气球花挤在半空,冲路人傻乐。

孟顿问她要不要,陈弦摇摇头,说自己不是小朋友了,但孟顿执意买了一只,陈弦嘲笑:"原来你才是小朋友。"

孟顿没有否认,自在地将那只气球握在手里,自然也收到了不少注目礼。尤其是一个帅哥牵着一只粉色的花朵气球,这个画面本身就很瞩目。

成人后,陈弦就不再购买气球、棉花糖,以及那些闪闪发光的发箍和小型维密翅膀,倒不是丢失"童心",而是她清楚自己不会永远当个儿童。

她一直在适应主流思想的审视与规训,原因简单——避免麻烦。什么阶段做什么事情,约定俗成,心知肚明,这些东西放在小女孩身上很合理,但出现在成人身上就会显得怪异。

陈弦奇怪孟顿的无障碍:"你拉着气球的时候,不会因为别人的目光不舒服吗?"

孟顿承认:"多少有点。"

陈弦故意埋怨地瞥他:"那怎么办,把气球放走吗?"

就在这时,孟顿找到她的手,握住了,有些用力。

陈弦胸腔里的心脏也用力了起来。

"现在好了。"孟顿说,"他们会觉得气球是你的,我只是帮忙遛气球的人。"

"什么意思?"陈弦漾出甜蜜的笑,"仇恨转移大法?"

孟顿看她一眼:"嗯,你介意吗?"

陈弦说:"我现在说介意还来得及吗?"

那只气球最终回到陈弦手里。

此刻正"栽种"在她民宿二楼的天花板上,细长的粉色丝带悬挂着,陈弦把它扯下来,又松手,看着它悠悠上浮,贴回墙面,然后不断重复这个动作,乐此不疲。

7

第二天醒来,花朵气球瘪了一点,不再挺立,变成一条翻肚皮的奄奄一息的鱼,但陈弦没有为此心情郁闷,因为睁开眼的第一秒,花朵的正脸刚好对着她,笑得很是真挚。

陈弦拍了张照,把它牵下楼。

她用黑色的马克笔在气球背面写了几个字,然后出门,把气球拴在了2202门把手上,给孟顿发消息:我把气球放你门口了。它好像快不行了。孟顿一向乐观:还好吧,还能飘。

几秒后,他补充问:你想吃什么?

想他一定是看到那几个字了,"它饿了,我也饿了",一朵粉色的气球花让她变回了小女孩儿,需要人照顾,需要人喂养,她赖坐在沙发上回消息:你自己想。

半个小时后,孟顿拎着早点来到她这里。

厉害的是,气球也回到鼓鼓囊囊的状态,甚至比昨晚更加精神饱满。

陈弦惊奇地问:"怎么做到的?"

孟顿说:"买早餐的路上刚好有家婚庆公司,我进去问有没有氮气罐,可不可以帮我打个气,老板也没收我钱。"

陈弦拆着早点包装:"今天是你的幸运日。"

孟顿说:"是你的幸运日,这是你的气球。"

他带来两份泡蛋苕粉,看得出他是"赶路"来的,坐下时还满头汗,陈弦抽了张棉柔巾,想给他擦汗,孟顿正要接,她却缩手将纸巾攥回去:"就不能让我擦吗?"

男生笑了起来,乖乖将脑门靠过来。

陈弦莞尔,一手隔开他刘海,一手轻轻替他抹去额角汗液,并说:"最后两天,我决定跟你好好相处。"

等她收回手,孟顿才坐正身体:"怎么好好相处?"

陈弦回头看了一眼。那只粉色气球不知何时飘停在窗边,背对他们,俯瞰着白日下的江滩。

然后说:"我是个挺现实的人。那颗粉色的气球,你买的时候会怎么想?你肯定是想买就买了,但我会想它早晚要瘪的,也带不上高铁,买了干吗?但我心里不会否认,我有点想拥有它。你帮我实现了,你清楚后果,但你还是会做,你甚至愿意再次帮它'填饱肚子',把它当成一个会饿的活着的东西——当然也可能是为了不让我失望……但很少人能做到这样,你能明白吗?你心里还有个勇敢的,天真的,想做什么就做什么,没有那么多权衡算计的小朋友。"她展开手里的纸巾,晃了晃,如同举白旗,"那我也要,就算只剩两天了,魔法会消失又怎么样,我也要做到。想要你买早饭就让你买早饭,想给你擦汗就给你擦汗,不再

第四天·花朵气球

193

逃避自己的情绪，装个成熟懂事的大人太累了。"

孟顿唇角微勾。

陈弦注意到他的表情："这样看着我干什么？"

"嗯……"孟顿敛目想了一会儿，"可能觉得你可爱。"

"可能？"陈弦眉头蹙紧了。

孟顿立马纠正措辞："陈弦，你很可爱。"

陈弦开始嘬苔粉，学卡通人的声音："可恶！你刚觉得我可爱吗？我第二天就觉得你可爱了。"

孟顿说："不，我第一天就这样想了。"

"为什么？"

"你当时在门口。"

"像条看门狗？"

怎么还押上韵了。

"不是！"孟顿急切地否认着，但又因为害怕词不达意卡在那里。

面面相觑片刻，陈弦大笑了起来，捧腹，笑到挤出眼泪。

孟顿也跟着笑了。

其实他想说的是，魔法并不会从她这样的人身上消散。

是她让他打开窗，告诉他每天的落日都不一样。他从来没这样想过。

他以为每天都一样。四季，晨昏，雷同地复制过往，像村头反复放映的廉价老电影，挥霍画笔和颜料成了他厌世避世的唯一途径。

他第一次知道，真的会有人因为错过某一天的落日而失望。

世界很珍贵，时间很珍贵，每一天的太阳也很珍贵。她带着他重新开始，感知和吸收现实中的彩与光。

所以孟顿决定留下那场落日。在她看不见的角落里，他偷偷拍下几十张，选了一张他认为最漂亮，也最接近肉眼所见的分享给她。

每每想到都会微笑，他具体地描述了一下初见的情景："我来江城后，每天出门就是幽深的走廊，除了乘电梯取外卖，见不到一个人，每一天都一样，跟往日没什么不同。然后有天，我打开门——"

就是那个时刻，他打开门，见到了真正的仙女和真正的魔法。

第五天

会呼吸的星系

他深吸了一口气,又缓缓地释放出去,陈弦能察觉他胸腔的起伏,像漂浮在蓝而透的海面。

潮涨潮落。

她好像在拥抱一个会呼吸的星系。

与秋

1

吃完早午饭，陈弦打开百叶窗，好像打开了一整面墙性能极好的灯带，她随即皱眉关上，回头问："江城的夏天总是这样吗？"

孟顿收拾着桌上的外卖包装盒："火炉城市。"

陈弦笑了笑："夏天的杭州也是。"

"你去过杭州吗？"她回到桌边的板凳坐下。

孟顿说："去过，老师带我们去国美交流过。"

陈弦侧目："待了多久？"

孟顿说："五天。"

陈弦问："什么感觉？我是指杭州。"

孟顿很直观地说："物价高。"

陈弦蹙眉："你的回答好现实。"

孟顿又说："文明程度也高。"

陈弦抓抓头发："画家应该这么回答吗？"

孟顿笑问："画家该怎么回答？"

"嗯……"陈弦支着下巴想了会儿，"杭州的景色人文？原谅我对文艺工作者的刻板印象。"她敏感地指出，"你的回答不会是为了适应我这种俗人吧？"

"不，那段时间都在学校酒店美术馆来回跑，根本没空细赏。"孟顿过掉这个无法给出满分回答的提问，回问她，"北京呢，你去过北京吗？"

陈弦点头，开始回忆："初三暑假去的，跟旅游团，作为我考上重高的奖励。国内父母什么时候才能不那么实际？搞得亲子关系如同一场接一场权钱交易。"

在句子的末尾，她扬声感慨。

孟顿笑："什么印象？"

"很 iconic（标志性的），故宫、颐和园、长城……"她细数着，"哦对了，给你看个东西。"

她从手机相册里翻出那时的合影，准确说并非手机合影，而是从相册里拍下来的胶片照："旁边笑容可掬的女人是我妈妈，铁刘海的是我。"

孟顿靠近细看："你那会儿多高？"

陈弦说："就知道你要这么问。"

因为在合照里，她比妈妈矮了一个头，整个人看起来很瘦小。

"我妈两米，我一米八。"陈弦开玩笑道，"不是，那会儿我只有一米五二，导游还问我是不是小学毕业出来玩儿，我父母都面露尴尬，我发育晚，进入高中才抽条。"

陈弦后觉道："不对啊，你讲话为什么没有一点儿北京口音？"

"你是说这种？"孟顿飞速切出京腔。

陈弦笑："对对——那个味出来了。"

孟顿跟着微笑："我在家才这样讲话，出去都说普通话。"

"你是不是也会讲俄语？"

孟顿："嗯。"

"英语呢？"

"会。"

"还会什么？"

"日语。"

陈弦震惊："你该不会是传说中的那种海淀'鸡娃'吧，从小就掌握八国语言。"

孟顿莞尔："怎么可能，日语是后面看动漫学的。"

陈弦立刻用日语问了句："红豆泥？"（日语 Hontouni 的谐音，意思是：真的吗？）

孟顿被她逗笑，认真道："本当です？（真的吗？）"他讲日语比讲中文还要温柔十倍。

陈弦提议："你哪天不画画了，还可以去做声优。"

孟顿说："讲俄语你就不会这么说了。"

陈弦默不作声了几秒。

孟顿问："需要我示范吗？"

陈弦抿笑摇手："不用了。"

2

午后，两人从饭桌转移到沙发。

陈弦从旅行箱里找出平板，撑放到茶几中央，随便找了部电影打发时间。

抱腿安静地看了二十分钟，身旁的孟顿忽然开口："你回杭州就要上班了？"

陈弦盯着屏幕里走动的小人："嗯，九月就入职。"

"国企私企？"

陈弦目不斜视："市场监管局，信息化岗位。竞争激烈，就录两个，有个浙大的男博士生免笔试，我纯靠个人实力杀出重围。收到通知的时候，我们一家三口都松了口气，父母尤其高兴，立刻把我的成绩和公示发到家庭群，然后亲戚们开始用大拇指刷屏。"

她面色淡定地竖起拇指。

孟顿立刻笑了，他问："你自己呢，感觉怎么样？"

陈弦说："平静的开心吧。"

孟顿问："因为结果在预料之中？"

陈弦回："不在预料之中，只是做好了面对各种结果的准备，好坏都一样。"

事实是，她没有失败过，她杜绝风险的方式是做最不容易出差错的选择，然后尽可能让自己成功。

她倏地回头看孟顿："你喜欢现在的生活吗？"

孟顿顿了一下："你是指大范围的现在，还是小范围的现在？"

陈弦替他作答："你一定喜欢。"

孟顿没答，只问："你呢，你喜欢现在的生活吗？"

陈弦肯定道："谈不上喜欢，但也谈不上不喜欢，一直走在自己想走的路上，很稳妥，在我看来安全就是幸福的核心，但有人觉得希望才是幸福的核心，不停地想象着前方的绿洲和花园，但我觉得有个路标就可以了。耶，我到了这里，打卡拍照，我不是很在意那里到底美不美丽。"

"你呢？"她不再关注电影，一眨不眨地看着孟顿，"什么才是你幸福的核心。"

这个问题似乎难住孟顿了，他沉默了好一会儿："我也不清楚。"他露出迷茫的神情。

"兴趣不是吗，绘画？"陈弦为他的困惑而困惑。

而孟顿清晰地答道："绘画是共生关系，就像呼吸和四季。"

"工作被你形容得浪漫死了。"

"有吗？"

陈弦无法忽视自己油然而生的羡慕，她在学业和工作上绝对做不到这种"天人合一"。

"我这人是不是很无聊？"她终于去看电影，但已经串联不上之前的剧情。

"没有。"孟顿语气意外，"你怎么会这样想？"

因为她一直在说服自己，陈弦在心里答道，就这样说服一个又一个自己，以至于失去破壳的勇气。但也不可否认，自洽是一种难能可贵的求生本能。

"因为你比我有意思多了。"

"明明你比较有意思吧？"

"是你。"

他们陷入了反弹的怪圈，只为了证明对方比自己活得更有意义也更加缤纷。

最后陈弦终结话题，回到最初："想好了吗？你的幸福核心。"

孟顿说了个她完全意想不到的答案："可以是你吗？"

陈弦错愕地睁大了眼睛。

男生很快填上一句话："就这几天。"

讲这话时，他眼睛纯净得像个婴儿，神态间总有种难以抗拒的天真。

陈弦想到了一个说法，对女人来说，喜欢源自崇拜，但爱总能激发出母性，宽和与怜悯。

不知道为什么，她有一点潸然，她在对方发现前快速挪去了他面前，以史上最快速度"投怀送抱"。

孟顿接住了她。

他深吸了一口气，又缓缓地释放出去，陈弦能察觉他胸腔的起伏，像漂浮在蓝而透的海面。

潮涨潮落。

她好像在拥抱一个会呼吸的星系。

有一秒钟，有一些念头在剧烈涌动，"孟顿，跟我走"，或者是，"孟顿，你想不想当我男朋友"，但她终究没有让它们脱口而出，因为太自私，她算准了他一定会答应；也不安全，爱是概率性事件，不到死亡的那一刻，结果都是待定。

但不要紧，她能说服自己，然后回到正轨上去。

毕竟从始至终，她最擅长说服的人，永远都是她自己。

3.

太阳落山后，陈弦带孟顿去江汉路觅食。

整条街道要比她预想的热闹，仿佛把全江城 70% 的年轻人聚来了这里，尤其是打扮得时尚好看的情侣们。第二次险些被人流冲刷开来的时候，孟顿拉住了她的手，他们由此变成了"年轻情侣"中的一对。

大海中的支点——这是孟顿给她的感觉。

明明算半个宅男，可当他带着她穿梭人群，避开各种障碍时，他紧张起来的胳膊肌肉仍显坚硬，那种不经意的摩擦能激起她一身鸡皮疙瘩。

他们停在一间卖豆沙冰的饮料铺子前。

孟顿去排队点单，陈弦停在不远不近的地方等他，她低头查看微信消息，不觉入了神，直到一张小票被放到她平摊的手机屏幕上。

陈弦笑了起来，抬头找孟顿。

他把小票拿回去："在看什么？"

陈弦说："工作群的消息。我们组长刚公布了培训前开会的日期。"

孟顿"哦"一声，没有问具体是哪一天，只将小票揣进了裤兜里。

陈弦保持着仰脸的姿势。

孟顿被这么盯着，渐渐不自在起来。他偏开了眼睛，一秒，又转回来看她，发现女生依然注视着他，他笑了，干净的害羞感还停留在面孔上。

他问："你又在看什么？"

"看你啊，"陈弦干脆地说，"就是怕扭到脖子。"

孟顿往后看一眼，又退一步，刚好去到一级阶梯以下，这时他们的身高持平了，由仰视变为正视。

陈弦弯动眉梢："谢谢你哦。"

"不客气。"

陈弦问："你点了什么？"

孟顿翻出小票："红豆沙冰和绿豆沙冰，你喝哪一种？"

陈弦说："我可以都喝吗？"

孟顿说："当然可以。"

陈弦如愿尝到了两种沙冰，孟顿同样，边走边逛时，他们交换了口感评价，最终达成共识：绿豆清爽，红豆绵稠。

这个夜晚，陈弦依然赖在了孟顿的公寓，翻找影片，之所以用赖，是因为她清楚孟顿压根不会赶走她，她得到了一把七日期限的钥匙，能在他暂时的生命里来去自如。

孟顿打开两瓶快乐肥宅水放在茶几上。

陈弦拿了一听，握在手里："你这间民宿租了多久？"

孟顿说："半个月。"

"这么久吗？"陈弦扬眉，抿了口冰可乐。

孟顿说："嗯，你呢，后天下午什么时候的车？"

陈弦没有说具体时间："大约在傍晚——"仿佛料到他要说什么，陈弦忙道，"千万别来送我。"

孟顿顿住："为什么？"

"嗯……"她沉吟片刻，"没有为什么。"

孟顿不再细问："好。"

第六天 睡美人

她完全无法"大睡一场",
她的出逃日只剩一天,岌岌可危。
可她也做不到分秒必争,
她空茫地躺在床上,好像在看一片没有星星的天空。

1

陈弦暂停了电影，转过身对孟頔说："我该回去了。"

"现在？"她毕竟刚坐下没一会儿，也就半小时。

"嗯。"陈弦示意手机，时间已过零点——第六天，明天她就要离开了，真正意义上的离开。

她低头跺自己的帆布鞋。

孟頔站了起来："我送你。"

"不用。"陈弦也从沙发上起身。莫名烦躁的情绪令她无法久留，即使这间房子的冷气开得很足。将别的感伤如同灰色幽灵一样跟随着她，难以甩脱。

两人一前一后走到门口，陈弦说："好了，别跟着我啦。"

孟頔问："明天什么计划？"

陈弦回："我也不知道，也许没有。"

孟頔："一开始也没有吗？"

陈弦说："有，大睡一场。"讲出这四个字后，孟頔的面色微微有了点变化，她飞快解释，"不是那种……就是睡觉，纯睡觉，睡一整天，什么都不想。"说完她自己都在憋笑。

"我那时想的是，前五天我肯定在到处玩耍赶时间，最后就狠狠休息一天，人总不能一直在跑，对吧。"

孟頔认同地点头。

陈弦打开门："走了，拜。"

孟頔叫住她："陈弦。"

她回过头。

男生目光闪动,表达欲呼之欲出,陈弦知道他想要说什么,长篇累牍或语出惊人,她能猜到,但他最后什么都没说,只问:"明天下午找你可以吗?"

陈弦说:"好啊。"

2

克制,人类作为高阶动物所发展出来的伟大而高级的情绪,他们两个都是如此遵循和恪守。

陈弦失眠了,心头有重负,她完全无法"大睡一场",她的出逃日只剩一天,岌岌可危。可她也做不到分秒必争,她空茫地躺在床上,好像在看一片没有星星的天空。

两点的时候,她抽出枕头下方的手机,给孟顿发消息:睡了吗?

孟顿回得很快:没有。

陈弦说:我睡不着。

孟顿说:我也是。

陈弦一如既往地拿他打趣:怎么睡不着,在想我吗?

他却承认了:是啊,在想你。

陈弦胸口微微抽搐,那是一种甜蜜的疼痛:那就来见我好了。

对方不确定地问:现在吗?

陈弦说:现在。

下楼的时候,陈弦没有开灯,踩梯子的动静在黑暗的屋子格外清晰急促,打开门的动静也是,被一把抱住的动静也是,呼吸的动静也是,这些动静让夜晚变得繁星闪烁。

"你知道你很好抱吗?"身形高大宽阔,安全感十足。她贴在孟顿的胸口,小声诉说自己的感受。

"不太知道。"他说,"我只抱过你。"

"假的吧,"陈弦将信将疑,"你没有抱过自己爸妈?"

孟顿说:"真没有。"

陈弦"喊"一声笑了,继续嘀咕:"最后一天,我就想和你待在一起,一整天,all-day。"讲英文的时候,她用手指在他后背戳了两下。

孟顿收到信号,拢紧胳膊,笑着应:"好。"

3

打开灯已经是一刻钟后,天知道他们又难舍难分地拥抱了多久,陈弦心满意足地从他怀里脱出,直呼:"好热。"

孟顿耳根已经红透。

他跟她走到客厅坐下。陈弦去给他倒水,回来的时候,孟顿面前的茶几上多了本小册子,墨绿封面,巴掌大小。

她放下水问:"是什么?"

孟顿把它拿起来,交给她:"还没完成,但我觉得应该给你看看。"

陈弦坐下来,翻开它。

遗憾或圆满,在打开它的一瞬间似乎都变得微不足道了。

原本全白单调的速写纸,被孟顿绘制成了一本梦幻童话书,每张的主角都是一个小女孩儿。是谁不言而喻。

第一页,小女孩背身捧高窗口的夕阳,光与云朵像橘子汁一般,从她的手心和周身淌落;

第二页,小女孩躺在粉色缎带一般的湖水之上,手枕头,舒适地眯着眼;

第三页,小女孩踩着脚踏车漂浮在江滩的夜空,闪闪发光的星粒追随她起舞;

第四页,小女孩立在花丛之中,行提裙礼,花蔓枝叶缠绕成裙摆,恣意生长在她身上;

第五页,小女孩蜷缩在毛豆荚里,一盘色香俱佳的卤毛豆,她圆滚滚的，安睡着，是安徒生笔下的拇指姑娘；

第六页，小女孩托腮趴在窗口，眼神天真，跟《飞屋环游记》里一样，她身处的小木屋，被无数只粉色的花朵气球，拽向了天空。

所有画面中都只有她一个人，但它们全都比她亲眼所见的更要美好，而且好百千万亿倍，好正无穷。

人可真奇怪啊，总是在追求结果，遂人愿或意难平，总得来一个，却很难接受真相：最好的往往都是此间，而非结果。

陈弦反复翻阅着，泪眼模糊。

4

陈弦开始相信宇宙吸引法则，因为她曾在清单的末尾列过一个额外"彩蛋"，"彩蛋"的内容很直观：艳遇。

她从不避讳旅途中能有一段粉色故事，结果是得偿所愿。

接过孟顿递过来的纸巾，她抹去两眼泪花："请问我是在演电影吗？"又仰头看看四周，"摄像头在哪儿，导演在哪儿，窗帘后面吗，还是天花板的灯罩里？出来。"

孟顿轻轻笑出了声音，他目光没有离开过她："有没有可能……摄像头在我眼睛里？"

陈弦举高为她专属定制的画集，回头看他："这些是你的成片？"

孟顿点头。

陈弦说："那你的镜头美颜可能调得有些深了哦。"

孟顿又笑。他总是被她逗笑。

"什么时候画的？"陈弦将画册翻了又翻，爱不释手。

孟顿说："每天回来后画的。"

"完成一幅需要多久？"

"两小时左右，上色比较耗时。"

陈弦惊诧于他的精力："你一天有26小时？"

孟顿回："说出来你可能不信，画画时不会感觉到时间流逝。"

陈弦没有表现出不信，只问："画里怎么都没有你。"

孟顿说："因为画的是我看到的你。"

"哦。"陈弦后知后觉地反应过来，"那会儿你总是离我很远。"

孟顿说："后面几天，我都在靠近你。"

"所以为什么不把自己也画进去。"她仍纠结这个问题，出不去。

孟顿双手交握在膝上，保持了一会儿这个姿势，然后不带情绪地说："因为我想未来某一天，你翻开这本画集，回想这次旅行，感受到的都是属于自己的美好。"

画面完整，色彩合衬，没有破损，没有余憾。

陈弦猜到了，鼻腔发涩："你也是美好的一部分，为什么要把自己排除出去？"这太无私了，也太自私了。

孟顿有理有据："我是摄像机，拍照的人不会出现在照片里。"

"你是个锤子摄像机。"她猛锤一下他胳膊。

孟顿没有作势要躲，静静接下她的发泄。

他用冷笑话调节气氛："现在不是了，被人为破坏了。"

陈弦狡辩："我力气有那么大吗？"

哪里没那么大，他胸腔的位置隐隐作痛。

把画集交给她的那一刻，他就觉察到了，他所期待并有幸经历的魔法，可能真的要被收回了。

这种认知如同内伤，钝击而下。

因为她清晰又机敏，所以他只能温驯又小心，迫不得已的不远不近。

被短暂的需要，不如不留痕迹，反而显得得体。所以他得体地问她："收下吗？"他示意那本画集。

陈弦说："当然了，收下我就是十万富翁了。"

就知道她会这么说，孟顿顺着她的玩笑话："上面没署名，不值钱。"

陈弦说："总有识货的人吧。"

"你是吗？"他怎么又在试探，眼睛似能捏住她心脏。

陈弦默不作声几秒："我说过我是俗人。"

"还给我。"他终于有了小男孩应有的反应，那种得不到认可的拗气。

"不给。"她立刻像小女孩对待珍爱的洋娃娃那样，抱紧了画集。

"是我的了。"陈弦骄傲地说着，一脸"休想拿走"。

孟顿微微侧过身子，这让他的视线能更好地触碰到她："其实我还没画完。"

陈弦扬扬眉："你还要画什么？"

"第六天。"他答道："不过你说要大睡一场，我可以画你睡觉的样子。"

"能把我画成睡美人吗？"

孟顿欣然颔首："你想要什么睡姿？"

陈弦双手合十，放在脸边，拢紧睫毛，在黑暗里歪头扬唇："就这样。"

"等我。"身侧沙发一响，孟顿站起了身。

陈弦睁开眼，拽住他衣摆："你要去哪儿？"

认真的男孩子认真地回："回去拿画具。"

"你答应了要一整天跟我待在一起。"言外之意，离开一秒也不行。

孟顿在高处看她，脸逆着光都是温柔的："你这有笔吗？"

陈弦跳下沙发，赤着脚去翻找角落摊放的行李箱。

"黑色中性笔行吗？"她蹲在那回头问他。

"可以。"

走回他跟前，她晃着那根水笔："没有色彩没关系吗？"

这个人少见地臭屁："我大学速写第一。"

陈弦哽了一下。

"嗯呐，在孟老师的个人介绍里看到过啦。"她故意夹出古怪的萝莉音。

那本画册回到了孟顿手里，他翻至空白页，回头目视陈弦，用手里的笔做了个"请"。

陈弦配合地靠回抱枕，还原刚才的姿势，双目微闭。

"是不是不能动？"这可是她第一次当画模，不免紧张。

"动作别太大就行。"

"讲话呢？"

"不影响。"

"大笑呢。"

"睡美人会大笑吗？"

"我这样的会。"

孟顿无声地笑了一下，看她，低头，再看他，尚未动笔前，他已经在用眼神勾画。

陈弦决定给组孟画家尊重，屏息静气，并在黑暗里纹丝不动，很快，她听到了笔头在纸张上沙沙作响的动静，迅速而自信。

这个时刻，她睁开眼睛，而孟顿也刚好扬眸。

陈弦愣住了。

孟顿……跟平常很不一样，目光里满是观察和剖析。画笔成了他的锐器，而她是掌中物盘中餐，正在被他专注地拆解，侵略而沉迷。

胸口有了烫意。她在他作出反应前闭上双眼，同时咽了咽口水。再无声响。除了呼吸变沉一些，心跳若雷。

"怎么了？"孟顿奇怪她的沉默，停了笔，"不用这么严肃，我不会被干扰。"

看起来最好的一刻早在他脑内成像，或者说，她的每一个下一刻都更好，无关紧要。

可陈弦依然自认专业地维持着JPG（图片）模式，像具僵硬但美丽的假人。孟顿看笑，正要低头继续，她却忽然勾动嘴角。

孟顿还在看她："笑什么？"

陈弦抿平唇线："只是想到了什么。"

"什么？"

"想到了……"不知是故作玄虚还是别扭害羞，她的语气不那么有声势，而是变得迟缓，"一个问题。"

"要问我？"

"嗯。"

"你说。"孟顿将笔卡回画册中央，准备一心一意地听。

"如果明天船注定要沉，"女生淡红的唇瓣轻微翕动，"你会后悔来到这里吗？"

客厅里彻底安静了，只有冷气的声音，陈弦感觉到沙发在动，好像猎手逼近时草木的簌动。她在黑暗里微微窒息，却不愿意张开眼睛。

两个矛盾的念头争吵着：别过来，撕碎我。

然而，害怕又憧憬的剧情并没有在分秒间迸发，只有一只枕着的手被抽了出去，可这足够紧张了，她胸脯起伏的频率变大，因为孟顿微凉的嘴唇贴近了她手心，像一小块将化的雪。

被他的深嗅烫得指尖战栗，企图拢紧时，她握住了他的回答："赢得那张船票是我这辈子最幸运的事情。"

第七天

两个人的落日时分

云层有了色泽，那是太阳将要道别的讯号。
"落日。"
"今后的每一场落日，我都会想起你。"

1

第一次看《泰坦尼克号》是在孟顿小学五年级，朋友家，这部风靡大江南北的爱情片一直是不朽的影史经典，盗版带跟感冒药一般成为家中常备。

那一天的小房间里，不止孟顿一人，同班四个男生并排坐在地板上，不约而同地面红耳赤，因为温斯莱特雪白丰腴的身体，还有车窗上情欲迷蒙的指印。但故事的最后，大家又泣不成声，因为爱之动人和伟大。

回去路上，孟顿跑得飞快，也无法甩脱结局给他带来的伤害。

后来，妈妈收拾房间，看到他收在抽屉里的一幅画，那是一张素描，年轻美好的男女跪坐在海面的小木板上，紧紧相拥，笑容满足。

妈妈问他画的什么？孟顿说，这是我心目中的泰坦尼克号的结局。

"那天开始觉得会画画真好，就像有了想象力的舞台。而改写结局和画面也能成为创作者的私人特权。"

孟顿半枕着头，慢慢说着。

陈弦翻身面向他："搞同人也能被你说得这么清新脱俗。"

"是吧，搞同人。"孟顿笑着，也从平躺改成侧身。

他们面对面躺在床上，他看着她，而她也看着她。

陈弦率先垂下眼睛，她总有一些即兴之举，比如作画完毕后邀请孟顿参与自己的"大睡一场"。是，这很突兀，但他们总不能一天一夜不眠不休不是吗？

可等真正发生，那个更不自在的人反倒成了她。

在床上聊天多久，她就自我精神折磨了多久。

无需再忍，陈弦一个鲤鱼打挺坐起来："我可以关灯吗？"

孟頔也跟着坐起来："好啊。"

"啪嗒"几下，陈弦关掉了所有灯，不让一线光溜进来。

黑暗像盔甲一样罩下来，她不用再直面孟頔。

陈弦松了口气，躺回去。

"好多了，是不是？"她轻声问。

孟頔："嗯。"

薄毯摩擦了几下，陈弦壮起胆子靠过去，而孟頔似乎也感应到了，用胳膊圈住她，让她完全挨靠到自己胸前。

陈弦的呼吸一下子变重了，因为盔甲变成了云朵和花田。

"你怎么知道……"她欲言又止。

"如果不这么做，我会觉得不合理。"

陈弦忍俊不禁。

四周重新静下来的时候，陈弦摸到了孟頔的心跳。她想确认，手指微微用力，往上面按了按，孟頔的拥抱立马更紧了，他的鼻息来到她耳朵与脖颈的交界处，这种表达很隐晦，也很隐忍。

陈弦痒得不行，从里到外。

"你心跳得好快。"她的掌心停在那里。

"嗯。"孟頔含糊不清地应了一声。

陈弦抬头，睫毛扫过他下巴，接着是嘴唇，她啄了他一下。

男生怔了怔，没有犹豫地低下头，找到她嘴唇。

身体上的饥饿是本能，情欲里的饥饿也是本能，接吻实现了饲哺的过程，深汲双方的养分。

陈弦思绪变得热烈而凌乱，大脑里留存的认知只有触感。孟頔的下巴很平滑，唇舌也很平滑，或许在来之前，他就细致地洗过澡剃过须，纠缠时后背漏出来的皮肤都像去壳的鸡蛋，粗糙的东西在他的身体上全不成立。他完美得像个梦境。

……

他们在几乎窒息前停了下来。

陈弦不合时宜地笑场了，还笑出了声，孟頔不问笑什么，只跟着笑，最后两个人都在床上笑，抱成一团。

该发生的都发生了，不该发生的也没有发生。

她在他怀里睡了一夜，直到日上三竿。

2.

倒数日，平凡的一天，会在无数同居情侣身上发生和存在的一天，中午叫外卖，下午看电影，晚上出去散步丢垃圾。

那么平淡，又那么自然。

回来路上，陈弦将那只花朵气球"放生"了，望着它飘向月亮时，她握紧了孟頔的手："你说它会去哪儿？"

孟頔问："你希望它去哪儿？"

"北京吧，"陈弦没有思考，在夜色里感慨地叹一声，"让它替我去北京看看。"

她回头看孟頔："看看你在做什么。"

孟頔弯唇："你想看我就给我打视频。"

陈弦眼睫微茸，拒绝："不要。"

"为什么？"

为什么？陈弦无法作答。初中时她曾对礼品店一只价值不菲，会下雪的八音盒一见钟情，从此开始期盼新年，期盼春节，年后她攥着压岁钱满心欢喜地奔进商场时，货架上的八音盒已经被替换。

当她不敢保证能在第一时间就完全拥有一样东西时，她就不会在橱窗边逗留，避免复刻同样的痛意。

陈弦的车次在翌日傍晚，临近四点，她推着行李箱走出门。

路过孟頔那间时，她停了几秒，门内悄无声息，从开始到结尾，这个男生都不争不闹，尊重她的一切选择，全部意愿。

微信里静悄悄，走廊里也静悄悄，连挽留都很婉转。陈弦在门口小卖部买了瓶水，老板问她要什么牌子，她顿了顿回："农夫山泉吧。"

炙热的金色日光铺天席地。

在江城的这些日子，没有一天不是好天气。傍晚也是白天，黑夜也跟情歌一样热忱。

检票上车后，陈弦穿过走道，环视两边座椅上或立或坐，或笑或静的男女老少俗世面孔时，竟有了恍然一梦的错觉。

坐进靠窗的位置，才有了实感。

陈弦低头打开微信，停在与孟顗的聊天界面，没有新消息，前一晚的内容留在上面——

那就来见我好了。

现在吗？

现在。

故事似乎就休止在这里了。很完美，也有些空荡。

陈弦鼻头一堵，用背包护住胸口。

车动了，缓慢驶出站台。窗外的风景由白色高架变成绿野银湖，云层有了色泽，那是太阳将要道别的讯号。

"落日。"

"今后的每一场落日，我都会想起你。"

陈弦当即想起了这句话，想起了孟顗。

她并不在意孟顗是否会在同一时刻惦念起她，如她一般心如刀割，这对她来说不那么重要。相反，"落日"的意象已在她心底深处真正成为孟顗的特征。

他才是落日一样的人，那么温柔，那么绚烂。

3

陈弦从背包里抽出那本画集，想看一遍，可又立刻合上。她怕眼泪滴上去，会洇走纸页本身的光彩。

陈弦没有给自己很多用流泪发泄的机会。她迅速擦干双眼。

选择结束，就要承受结束带来的痛苦；选择落日，就要承受即将到来的幽暗的夜晚。

陈弦深吸一口气，收好画册，正要关上手机闭目养神，微信消息倏地跳出。她忙不迭打开。

陈弦瞳孔骤紧，孟顿发来了一条定位，就在江城火车站。

她差点从位置上站起来，飞快打字回复他：你来这里了？我已经上车了。

而车已经开了。

不用送我……她继续输入，想到他会跑空，她的心脏开始有了轻微的撕裂感。然而，孟顿的消息已经先她一步：刚出站？

陈弦怔住，删除刚刚的内容，回答他：对。

孟顿：太好了。

又说：我在车上，跟你同一趟。

这一次，陈弦真正弹了起来，差点撞到头顶的行李托架。

她不敢相信，却也毫不怀疑，顾虑与退缩在顷刻间消失无踪，她只想问孟顿，你在哪儿？

孟顿说：你呢？

陈弦取出车票，看一眼，拍给他。

孟顿说：我在6号车厢，我去找你。

陈弦心率飙升，说着"借过"，急切地从座位脱出，往孟顿的方向奔赴。日暮时分的车厢像画廊，橙蓝玫紫，每一幅窗画都不尽相同，从她身侧闪走。

在两节车厢的交汇处，她见到了孟顿。

他们同时驻足，同时发笑。

前排的乘客看向他们，不明白发生了什么，但也因为这对兴奋相望的男女心情愉悦。

陈弦揉揉酸胀的鼻头，快步冲他走过去："我说……"她停在他跟前，"你怎么会知道我的车次和时间？"

明明什么都没有问。

孟顿目光闪烁，余晖将他一侧的脸映得泛粉："碰运气。"

陈弦歪过头，不看他。她才不相信。

孟顿这才认真回答："陈弦怎么会错过这场落日。"

听见答案，陈弦眼眶红透了，她不想被孟顿看到自己动容到狼狈失态的样子，偏脸去瞟窗外，此时此刻的天空，如橘色的湖水，云与光，层叠荡漾，温柔得像诗歌一样。

再看向孟顿时，她唇齿微启，心头有一万句话，却一个字都道不出来，最后她无奈地抽噎一下，张开手臂："抱一下吧。"

孟顿不假思索地拥她入怀，就像他们的第一次拥抱，就像他们的每一次拥抱。

陈弦满足地闭上双眼。

这一瞬间，耳边似乎响起了八音盒的旋律，美好会流失，但也会洄游，她不再害怕，也不再纠结，她不会自满，也不会亏欠。

日落就在身旁，她的全部全部，所有所有，都能被谅解和融化。

在落日之前，陈弦离开江城。

两个人。

——下卷完